三角的距離無限趨近零 2

Bizarre Love Triangle

岬 鷺宮
Misaki Saginomiya
illustration◊Hiten

「其實，我也喜歡你——」

Kadokawa Fantastic Novels

「我想好好把你抓住……」
「每個人都會犯錯。」
「……你至少該牽著我的手吧……」
「……那女生是你的女朋友嗎？」
「我可能有一點點故意。」
「喔，小時今天還是一樣可愛呢～」
「等一下——要不要去吃拉麵？」
「我也想跟時子同一隊！」
「——矢野同學！」
「……秋玻真可憐～」
「有人向我告白。」
「老師，妳有喜歡的人嗎？」
「如果大家不管怎麼做都無法得到幸福——」
「我的『喜歡』……既不純潔也不美好，而是會想做這種事情的『喜歡』。」
「請你們守候著我，直到最後一刻——」
「……我最喜歡這個……心型鑰匙圈……」
「所以……我才在思考談戀愛這件事……」
「不過……到這個地步，我們就是共犯了。」
「可以的話，請你們幫幫那孩子吧。」

「……我想要你的吻。」

三角的距離無限趨近零 2

Bizarre Love Triangle

岬　鷺宮

Misaki Saginomiya

illustration◊Hiten

Kadokawa Fantastic Novels

序章
Prologue

非關文學

Bizarre Love Triangle

三角的距離無限趨近零

「——我喜歡你。」

銀鈴般的聲音在滿是灰塵的社辦中響起。

「矢野同學，我喜歡你——」

儘管已經進入梅雨季節，放學後依然有著耀眼的陽光。

狹窄的社辦裡，就只有我們兩人。

我正在閱讀昨天剛買的小說。

因為看得太投入，我不太能理解這句話的意思。

我看向聲音的主人。

她——水瀨秋玻就坐在窗邊的座位，打瞌睡般讓上半身趴在桌上。

還用交叉的雙臂枕著臉頰，慵懶地看著我。

黑色短髮配上微微泛紅的雙頰。

在她眼瞳中旋繞的銀河隱藏在深遠的黑暗之中。

夏季制服那令人難為情的潔白，以及從袖口伸出的柔嫩上臂太過耀眼，讓我不由得瞇起眼睛。

——我喜歡你。

這句話的涵義突然浸透到變得遲鈍的腦子裡。

這代表她對我懷有戀愛方面的好感。

這是我一直在等待的話語。

也是她對我在一個多月前的告白做出的回覆——

「——其實我還沒整理好自己的心情……」

她小聲地繼續說下去。

「因為我還是頭一次對別人懷有這樣的感情……交往之後想做什麼？這麼做真的好嗎……我想把這些問題都想清楚。」

秋玻使勁抓緊自己的手肘。

「可是……我沒辦法繼續忍了。現在這樣讓我很難受……我想好好把你抓住……」

說完，她挺起上身，挺直背脊轉過來面對我。

雙眼泛著淚光，臉頰發燙，嘴脣微微顫抖。

然後——

「……所以，請你和我交往。」

她清楚明白地——對我如此說道。

——在我心中的某個地方一直覺得這種事只是「童話故事」。

被心儀的對象喜歡上。

與對方成為情侶。

我以為這種事只會在虛構故事裡發生，完全沒想過會發生在自己身上。

因此，當這件事成真後——

「……嗯、嗯……嗯！」

我的聲音抖個不停，背後冒出冷汗，慌張得連自己都覺得丟臉。

「那、那個……能夠聽到妳這麼說，那個……我、我真的很開心！我、我才要……請妳多多指教……！」

口齒不清的話語，聽了連我自己都想笑。

聲音比平時高了兩三度，每說幾個字就要破音一次。

只不過——亂了手腳的人似乎不是只有我。

「嗯……請多指教……啊啊啊啊……」

秋玻發出這種聲音後，再次趴在桌上。

「咦？那、那個……妳怎麼了……？身體不舒服嗎？」

「不、不是！不是這樣的！」

秋玻把臉埋在雙臂中，就這樣搖了搖頭。

「現……現在不要看我……因為我的表情八成很奇怪……」

「……表情很奇怪？」

「總、總覺得……啊～真是……腦袋一片混亂……我現在表情多半很奇怪……」

——聽到這句話，我覺得放心多了。

因為這讓我明白不是只有自己在緊張。

「……啊哈哈哈。」

「……你笑什麼？」

「不，我只是覺得妳很奇怪……」

「……表情嗎？」

「想也知道不是吧。」

恨恨地抬頭仰望我的秋玻可愛得讓人有些招架不住。

這女孩現在已經變成自己「女友」的事實，讓暴力般的甜蜜感侵蝕大腦。

「……真的嗎？」

說完，秋玻抬起頭。

「我現在的表情真的很正常嗎？」

那對猶豫地望著我的眼睛——讓我想起剛才正在閱讀的小說。

保羅．奧斯特的《月宮》其中一個段落。

——如果不把天空中的某一點定為基準，就無法正確決定自己在地面上的位置。

——只限於自己與月亮和星星之間的關係，人能夠得知自己在地面上的位置。

「真的啦……」

「那就好。」

自言自語般說出這句話後，秋玻把臉轉回正面。

然後，她猶豫地動了動嘴脣。

「……我想要點東西。」

「想要點東西？」

「就是……我想要……能讓人實際感受到我們……成為情侶的東西。」

「……原來如此。」

經她這麼一說，我才想到有個紀念品或許也不錯。

在過去的一個月裡，我們都只是朋友，這一整個月都處於等待答覆的狀態。

為了讓我們實際感受到彼此的關係已經更進一步，準備某種紀念品或許也不錯。

「……那妳想要什麼？鑰匙圈？飾品……還是對戒？」

在說出這句話的同時，這些充滿「高中生情侶」風格的發想讓我笑了出來。

沒想到我居然會想出這麼無聊的點子。

可是，秋玻輕輕搖了搖頭。

「……我要的不是那種東西。」

「那妳要的是什麼……？」

被我這麼一問，沉默立刻籠罩社辦。

原本就有的陳舊擴音器發出現代風的廉價電子鐘聲，吹奏樂社的長號也跟著模仿那鐘聲，搞笑地發出長音。

然後，沉默了整整幾十秒後，秋玻靜靜地注視著前方——用幾乎聽不見的音量如此說道：

「……我想要你的吻。」

＊

「——啊，對調了。」

在被夕陽染成暖色的放學路上，人來人往的街道某個角落。

春珂抬起低著的頭，用像是在路邊找到十圓硬幣的孩子般的語氣如此說道。

「……啊，矢野同學。」

「妳好。」

對眼前的我露出微笑後，她環視周圍，一臉幸福地瞇起眼睛。

「你又跟秋玻一起回家是嗎？」

「嗯。直到剛才為止，我們都待在社辦裡面。」

「這樣啊～～看來你們的感情真的很好呢……」

興高采烈地說出這句話後，春珂邁開腳步。

我在她身旁走著——一邊偷偷看向她。

她是我的好朋友，跟秋玻共用同一具身體。

她的長相和身材明明應該都跟秋玻完全一樣，但也許是因為表情與舉止的差異，即使在她身旁走著，她們兩人給我的感覺也大不相同。

她踩著輕快但有些不穩的步伐，頭髮也隨之飄舞。

走音的哼唱聲傳進耳中。

春珂今天也露出安穩的表情，望著同樣安穩的西荻鎮。

不知為何，光是待在這樣的她身旁就讓我胸口的幸福感像水彩顏料般擴散開來。

就在這時——

「……嗯？」

春珂突然露出發現異狀的表情。

「……怎麼了？」

「啊，嗯～～……」

「有東西忘了拿嗎？」

「……不，不是這樣的。那個，矢野同學……」

說完，春珂稍微壓低音量，不知為何羞紅了臉——

「——今天，你跟秋玻之間發生了什麼事？」

……我不知道該做何回答。

為什麼她會知道那種事情？

不知為何，秋玻與春珂好像都能敏感察覺到對方身上的變化。特別是當對方身上發生與戀愛有關的某種變化時，幾乎都會發揮出莫名準確的直覺。

因為她們是雙重人格者，這或許也是理所當然的事，但我依然覺得這簡直就是種超能力，曾經為此捏了把冷汗。

不過，這次應該不用隱瞞了吧。

我反倒是想率先向她——向春珂報告。

「呃，其實……」

稍微清了清喉嚨後，有些害羞的我別開視線並開口：

「秋玻終於回覆我的告白了。」

「咦？真的嗎？」

「嗯。然後……她答應跟我交往了。」

「咦咦咦咦咦咦咦咦咦！」

春珂大聲叫了出來，讓周圍的人們嚇得回過頭來。

無視路人的反應，春珂的眼睛像金星一樣閃閃發光。

「她總算回覆你了！」

「是啊。我可是等了很久呢。」

「這樣啊，原來是這麼回事～」

說完，春珂笑咪咪地點了好幾次頭。

「真是漫長呢。你等了一個月左右對吧？搞得我後來一直希望你們兩個趕快在一起……她能做出答覆真是太好了。」

「嗯，謝謝妳。」

「我沒做什麼需要讓你道謝的事啦～是你的耐心得到了回報！……可是……」

然後，春珂突然露出不懷好意的笑容。

「……就這樣？」

她探頭看向我的臉，如此問道。

「你們真的只有決定交往而已嗎？」

「咦？妳……妳這句話是什麼意思……」

「嗯～舉例來說……」

說完，她壓低音量，用低語般的聲音說——

「——你們應該有接吻吧？」

這句話——讓我想起剛才發生的事情。

也就是跟秋玻接吻。

——因為緊張而顫抖的手抓住的纖細肩膀。

——嘴唇互相碰觸時的柔嫩感觸。

——將臉移開時看到的泛紅臉蛋。

我認真覺得自己有生以來從未經歷過如此幸福的瞬間。

我發自心底希望這一刻能夠永遠持續下去。

而我現在——看著眼前的光景，更加意識到某項事實。

那就是眼前的春珂與秋玻共用同一具身體。

以及我親吻了——眼前這女孩的嘴唇。

——腦海中浮現出一個月前的回憶。

就是我向秋玻告白那天發生的事情。

「——矢野同學，我喜歡你。」

那一天，就在她們兩人差不多要對調時，我聽到了這句話，還被吻了一下。

那是——秋玻的行為嗎？

還是——春珂的行為呢？

我至今依然無從得知。

自從那一天以後，她們一直表現得像是那種事情從未發生一樣，讓我無法從中找出破綻。

事到如今，把那個人當成是秋玻才是最合情合理的解釋。

而我們實際上也變成情侶了。

不過，如果那個人……是春珂……

萬一那個人就是眼前這位女孩……

我到底該如何面對她呢——

「……看來我猜中了呢。」

——回過神時，春珂正探頭看向我，揚起嘴角笑著。

那張臉貼得非常近，讓我的心臟猛然一跳。

奶油色的臉頰與淡桃色的嘴唇。

充滿疑惑的雙眼靜靜注視著我，讓我覺得好像有人正用望遠鏡窺探自己的內心。

「哎呀～～矢野同學，你這人真的很好懂耶。」

「這、這也怪不得我吧……我的心情也還沒平復過來。」

「這樣啊……不過，這真是太好了呢。」

說完，春珂突然仰望天空。

看向暮色漸濃的藍天，以及夕陽餘暉照耀下的橘色雲朵。

在遠遠望著這幅光景的同時——

「——真是太好了。」

春珂不經意地如此說道。

——總有一天會消失的春珂。

——註定得消失的第二人格。

這樣的春珂最近經常露出這種表情。

就是一邊茫然望著某處，一邊思考著某些事情的表情。

每當看到她露出這樣的表情——我就會再次暗自發誓。

不明白的事情確實有很多，心中的不安也堆積如山。

即使如此——這女孩為數不多的日子……

還有所剩不多的時間……

就算只有一點也好，我都想讓它變得更幸福。

＊

6月4日（一）春珂

矢野同學、秋玻。

事情我已經聽矢野同學說了！

恭喜兩位！

我真的很替你們感到開心……

希望你們能夠幸福！

我也得更振作才行……

最近，我開始思考許多事情……

像是該如何活下去，或是想做什麼事情，滿腦子都在想這些問題……

因為我過去總是在隱藏自己，現在突然能做各種事情，讓我不由得思考自己未來該怎麼做……

所以，我今後可能會非常迷惘，非常困惑，讓你們為我擔心……

不過，還請你們守候著我，直到最後一刻——

女高中生的硬博普樂

第六章
Chapter.6

Bizarre Love Triangle

三角的距離無限趨近零

六月，天色微陰，離上學時間還有二十分鐘。

在還沒有多少人的教室裡已經充滿了班上同學聊天的聲音。

差不多快要正式進入梅雨季節了。

儘管空氣變得沉悶且開始帶有濕氣，他們依然露出愉快的表情──這或許是大家剛換上的夏季制服的功勞吧。

「──矢野，早安！」

正當我想著這種事時，背後傳來一道開朗的聲音。

我回頭一看──

「嗨～～！雖然夏季制服比較可愛，我很喜歡，但穿短袖還是有點冷呢～～」

對方是一位小巧身軀穿著夏季制服，雙馬尾跳個不停的嬌小女孩。

我的朋友──須藤伊津佳正笑咪咪地看著我。

現在明明還很早，她卻比教室裡的任何人都興奮。

看到她跟我之間的落差，讓我有好一段時間不知道該如何回話。

「……喔？怎麼了？你怎麼都不說話？」

須藤說著露出賊笑，探頭看向我。

「難不成……是因為我的暴露度變高了，讓你心裡小鹿亂撞？」

「……不，我只是早上精神不濟罷了。」

心情總算平復後，我如此說道。

雖然須藤看起來就像可愛的小動物，實際上也很受男生歡迎，但對已經認識她超過一年的我來說，她只是個能夠推心置腹的朋友。

我不會對她感到心動，我們的交情也好得可以如此明說。

然而——

「……」

——須藤卻在一瞬間露出詫異的表情。

「……怎麼了嗎？」

「……啊，噢，沒什麼啦～」

須藤像是要蒙混過去般輕輕揮手，臉上露出開朗的笑容。

「抱歉抱歉！對喔，說的也是。呃，我好像還有點不適應現在的你，所以……」

「啊～……」

「我以為自己可能惹你生氣，有一瞬間被嚇到了……」

……這確實怪不得她。

直到不久之前，我跟須藤之間的關係並不像現在這樣。

我們會興奮地鬥嘴，彼此吐槽。

如果是以前的我們，剛才的對話就會變成這樣——

「——我的暴露度變高了，是不是讓你心裡小鹿亂撞？」

「——其實……妳猜對了。我好像快流鼻血了……情況有些不妙。」

「——呵呵呵……我就知道。」

「——所以不好意思……可以幫我去福利社買面紙、炒麵麵包和咖啡，順便買些甜點回來嗎？」

「——你只是把我當跑腿小妹吧！我才不要！區區鼻血，你就用意志力忍住吧！」

應該會演變成類似這樣的吵架吧。我想須藤在無意識中八成也在期待這樣的對話。

而這樣的關係——在上個月出現了巨大的變化。

我放棄扮演過去那種「活潑外向朋友」的角色，不再刻意假裝興奮，改用原本的自己與她相處。

……雖然很對不起須藤，但這讓我輕鬆了許多。

因為我對偽裝自己這種事有強烈的抗拒感，那讓我有一種無論如何都無法鬆懈下來的緊張。

光是放棄偽裝自己，就讓我感覺肩上的重擔消失了。

當然，這帶來的變化並非全是好事。我在班上的定位也出現微妙的變化，有些人因此疏遠我了。我自己也對這樣的生存之道有所質疑。

不過，願意接受這種變化的班上同學比我預期的還要多，即使是像這次這樣的不協調感和罪惡感，總有一天也會隨著時間消失吧。至少現在的我是如此期待的。

「……那麼，我們差不多該切入正題了。」

須藤豎起食指，繼續說下去。

「矢野，你今天放學後有空嗎？」

「有空是有空……妳問這個做什麼？」

「就是我有間店想帶你去看看～」

「……什麼樣的店？」

「這個嘛……到時候你就知道了～～！」

說完，須藤笑了出來。

頭上的雙馬尾調皮地跳了一下。

可是——我注意到了。

她的表情跟剛才不太一樣，笑容好像有些僵硬。

我隱約有種不祥的預感。

「……早……早安。」

畏畏縮縮的問候聲從須藤身後傳來。

然後，一名女孩突然從她身旁探出頭來。

「嗯，早安。」

「早安～～！呃，妳現在……是春珂嗎？」

「嗯，我是春珂。」

這個人正是露出怯懦微笑的短髮女孩——水瀨春珂。

「接下來有一段時間都會是我……」

——雙重人格。

眼前這名女孩體內同時存在著水瀨秋玻與水賴春珂這兩個人格。

在過去因為家庭因素而承受極大壓力的秋玻心中，某一天突然誕生了名叫春珂的人格，從此以後她們便過著每隔一段時間就會人格對調的生活。

我並不清楚她當時到底承受了什麼樣的壓力。

如果說我不在意，那就是騙人的。可是，我現在並不打算過問，在她們想告訴我之前，我都不打算提起這件事。

而在這種情況下誕生的春珂為了不去打擾秋玻的生活，一直過著隱瞞自己存在的生活。她把自己假扮成秋玻，假裝春珂這個人根本不存在。

不過……就在上個月，我放棄偽裝自己，同時她也放棄隱瞞雙重人格的事情。直到自己消失的那一刻為止，春珂都決定要以自己的身分活下去。

結果就是——

「啊，春珂，早安～～！」

「嗯，早安。」

「水瀨同學，妳後面的頭髮翹起來了耶！」

「咦？不會吧！真的嗎……！」

碰巧路過的班上女同學們輕鬆自在地向春珂搭話。

——就像現在這樣，班上同學幾乎都接納她了。

這似乎讓春珂相當開心，即使有些膽怯，也變得能開心地與別人交談。而每當看到這樣的她，都讓我感到欣慰。

沒錯，打從一開始，這女孩——應該就有權利像這樣歡笑度日才對。

只不過，「雙重人格」這個屬性似乎也成了單純令人感興趣的對象。

「我早上明明就整理好了啊……」
「需要幫忙嗎～～？要不要我借妳鏡子？還有，我有帶整髮噴霧劑喔！」
「真的嗎？謝謝妳……」
從走廊經過的學生不時看向如此交談的春珂與須藤。
有些學生沒禮貌地盯著她們看，有些學生對身旁的朋友說著悄悄話，有些學生則是短暫地停下腳步——
這個班上有一位有雙重人格的女生這件事似乎已經傳遍整間學校了，經常有人像這樣站在不遠處偷看她，據說有時還會有完全不認識的同年級學生或學長姊跑來搭話。
我知道這在某種程度上是無法避免的事情。
在我看來，那些行為幾乎都沒有惡意，更何況春珂甚至沒發現有人在偷看自己。
不過，那些視線依然令我感到氣憤——也想去向他們抱怨幾句。可是，因為那種人實在太多了，我至今依然沒能付諸實行……
「……啊，對了。」
把整髮劑交給春珂時，須藤露出好像想到什麼事的表情。
「春珂，妳放學後有空嗎？我有間店想帶妳一起去……」
「啊，嗯，沒問題。妳說的那間店是餐廳嗎？」

「對，我有些話想對妳說～」

「……噢，原來春珂也要一起去啊。」

這段對話讓我感到有些意外。

看到她那嚴肅的表情，我還以為她可能有些話只想對我說……但看來事情並非我想的那樣。

或許她只是想帶我去她最近發現的美味餐廳。

——老實說，須藤這種隨和的個性幫了現在的我一個大忙。

這件事只有與春珂親近的朋友才知道。

在家庭問題已經解決的現在——據說在不久的將來，春珂這個人格就會消失。

因為在壓力來源消失的現在，她們已經沒理由繼續維持雙重人格了。

這麼一來，就「不需要」春珂這個第二人格了。

所以對春珂來說，現在是她最後僅剩的寶貴時光。

只要想到這件事，我就會神經緊繃，懷著嚴肅的心情對待她。

事實上，我也曾用這種態度面對春珂。

然而——

「——咦～拜託你正常對待我啦！你這樣為我費心，我反倒覺得難受……」

聽到春珂這句話，我才明白擺出那種態度對她並沒有好處。

須藤對此當然也不是毫無感覺吧。

當她聽說春珂遲早會消失時，馬上就哭了出來。

可是，即使如此——須藤依然能像這樣用非常自然的態度邀請春珂，對於會為了一點小事就變嚴肅的我來說，她這種對任何人都一視同仁的態度實在是幫了大忙。

所以，我也得盡力保持平常心。

思考到這裡，我突然想到——

「……既然這樣，我們也跟修司說一聲吧。反正那傢伙好像也有空。」

我已經準備走向位於教室左後方的廣尾修司的座位了。

他是我朋友，有著出眾的身高與端整的五官，個性又穩重，非常受女生歡迎。

以前我們經常四個人一起出去玩，難得有這個機會，我也想找他一起去。

可是——

「——等一下！」

須藤這聲呼喊的尖銳程度——讓我嚇了一跳。

「……先不要告訴他。」

回頭一看——須藤露出了我從未見過的焦急表情看著我。

在她身旁的春珂也因為這聲呼喊中的急迫感而睜大眼睛。

「……啊，那、那個……」

也許是注意到我們的反應，須藤像是在說「剛才的不算！」一般揮了揮手。

「哎，因為某些緣故……我覺得這次我們三個人去就好了……」

「啊，好吧……」

我畏畏縮縮地點頭同意。

同時，我也確信自己剛才擔心的事情並非只是一場誤會。

*

「話、話說……我們到底要去什麼樣的店啊……」

放學後。

剛跟春珂對調的秋玻走在須藤身後，不安地四處張望。

「這一帶全都是酒館吧……？這裡真的有高中生能進去的店嗎……」

「確、確實如此……」

在表示贊同的同時，我也開始慢慢擔心起來。

從西荻窪站南側出口過來，徒步只要幾十秒就能到達這裡。

這裡就位於鐵路旁邊，是一條充滿雜亂感的酒館街。

據說這裡原本是戰後時期的黑市，狹窄的街道兩側蓋滿了氣氛詭異的酒館，在占用到馬路的簡易座位上已經有大叔們開始喝酒。

現在明明才下午四點左右，他們已經喝得醉醺醺了……

這些人平時到底都在做什麼工作啊……

外國人店員從有如破爛小屋的泰式料理店二樓探頭俯視我們，在巷子兩側做生意的烤雞串居酒屋裡面，店員正賣力地幫客人點餐與上菜。

雖然我在這個城鎮生活十六年了……但這條街給人的感覺有些可怕，我至今依然不太願意接近這裡。

竟然把我帶到這種地方……須藤到底想做什麼？

難不成她想把我們帶進酒館，挑戰未成年人不得喝酒的禁令……？

不，我不認為會有店家願意賣酒給穿著制服的我們……

「我有點緊張起來了……」

秋玻說話的同時，緊緊揪住我的制服下襬。

她沒看到須藤今天早上激動的模樣，在這個狀況下肯定會更加不安吧。

因為她還以為須藤只是要找我們一起吃晚飯，沒想到會被帶到這種可疑的巷子……

「我還是頭一次來到這種地方……」

環視周圍後，秋玻皺起眉頭……

那副模樣看起來……實在有些可憐。

差不多該問須藤要去哪裡了吧……正當我準備開口詢問時——

「……我們到了。就是這裡。」

須藤說完，在某間店的門口停下腳步。

「這裡是……」

「……拉麵店？」

在附近的酒館喝完酒的客人，八成都會在最後來這裡吃碗拉麵。

眼前有一間掛著年代久遠的黃色看板，充滿昭和風情的拉麵店。

不管怎麼看，這裡都不是須藤這種女高中生會來的地方……

「沒錯。我們進去吧。」

她只丟下這句話，就熟門熟路地走進店裡。

我跟秋玻互看一眼後，也畏畏縮縮地跟著她嬌小的背影走了進去。

「——歡迎光臨……喔喔，這不是伊津佳嗎！」

「嗯，我又來了。好久不見！」

「有嗎？妳上個月不是也有過來？」

「……啊～～好像有耶。可是，我今天是跟朋友一起來的！」

「喔，這可真是難得！」

須藤與看似店長的男性閒聊，並且在空著的吧檯座位坐下來。

看來他們似乎很熟。須藤或許是這裡的常客。

我跟秋玻露出笑容向看著我們的店長打過招呼後，也在她身旁坐下。

「這裡的拉麵超級好吃，你們就選自己喜歡的吧，這餐我請客。」

說完，須藤把桌上的菜單遞過來。

「……咦？這樣真的好嗎？」

「嗯，畢竟是我邀請你們的。」

「……是嗎？那我就不客氣了。」

「咦？可是，這樣還是……有點不好意思。」

秋玻一臉認真地堅持己見。

「我還是自己付錢吧……」

我們確實沒理由讓須藤請客，我能理解她為何感到過意不去。

不過，我還是給了秋玻一個眼神。

「不，我們還是讓她請客吧。」

「……這樣好嗎？」

「因為須藤說這種話可是很難得的事，要是錯過這次機會，下次就不曉得要等上幾十年了，我們就讓她請吧。」

須藤肯定是有不惜這麼做也要告訴我們的事情。

如果是這樣，與其跟她客氣，倒不如接受她的好意，或許會讓她覺得更好過。

「……是嗎？那我就恭敬不如從命了。」

秋玻似乎也能理解，輕輕點了點頭。

結果須藤點了餛飩麵，我點了雞蛋蕎麥麵，秋玻點了中華蕎麥麵，過了一段時間後，碗就擺在我們面前了。

原本以為在等待的期間會切入正題……但須藤似乎在想事情，茫然望著廚房。

「我開動了……」

說完，我把碗拿到手邊，喝了一口湯。

「……好吃！」

我忍不住叫了出來。

就連坐在隔壁的秋玻——

「真的很好吃……」

也驚訝得睜大雙眼。

大家都說這個街區是拉麵店激戰區，即使在美食評比網站上也能找到許多評價很高的熱門店鋪。

其中幾間店我也去過，也曾因為那些餐點太過美味而深受震撼。

可是……這間店跟那些店都不一樣。

其他店都在追求「獨特的美味」，強調自己顯而易見的特色，但這間店的拉麵卻堅守正道。

單純的醬油湯底配上中粗麵條，配料則是豆芽菜、絞肉、叉燒、水煮蛋和筍乾。

可是……這種平衡的滋味卻編織出完美的協調感，創造出「獨一無二的王道」這樣的絕妙美味。

「沒想到這裡居然還有這種店……我完全不知道……」

「嘿嘿嘿～～我就說吧？」

早已開始吃麵的須藤不知為何一臉得意地這麼說。

「我是在讀國中的時候偶然發現這間店的～～從那之後，我便經常過來光顧。這裡是我不為人知的最愛。」

「原來如此……這種滋味確實會令人上癮……」

「對吧？話說啊～～」

須藤說完一口吃下叉燒——若無其事地說：

「——有人向我告白。」

「……什麼？」

「昨天，修司向我告白了。」

「……」

……這句話極其自然地混進我們的閒聊之中。

我有一瞬間無法理解其中的含意。

腦袋快要轉不過來，嚐不出嘴裡的味道。

身旁傳來秋玻弄掉筷子的聲音。

「昨天放學後在回家的路上，他說他從國小就一直喜歡我了，要我跟他交往。」

「……真、真的假的？」

因為太過震驚，我不知為何覺得自己必須假裝鎮靜。

我一邊努力不讓自己的手因為心中動搖而顫抖，一邊拿著湯匙連喝了好幾口湯。

「這樣啊……修司……向妳告白了啊……」

「嗯……」

「不過……說實話我不意外。」

我不曉得該用什麼態度說這件事，只能姑且露出微笑看向須藤。

「那傢伙喜歡妳這件事……須藤，妳應該也隱約察覺到了吧？」

「……嗯，有一點。」

「畢竟我第一次見到你們的時候就感覺到了……周遭的人也大概都是這麼認為。」

也許是因為有所顧慮，誰也沒把這件事說出來。

不過，修司喜歡須藤這件事早就是大家心中公認的事實了。

那傢伙重視須藤的程度就是到了如此顯而易見的地步。

只要須藤想，不管有多麻煩，修司都會跟她一起上學。如果須藤遲到，修司也會一起遲到。

他們出門時幾乎都是一起行動，就連讀的班級似乎也從小學就一直都一樣。被人重視到這種程度，不管是旁人還是須藤本人，都不可能沒察覺到修司對她的好感。

「啊，果然是這樣啊……」

就連原本閉口不語的秋玻也一邊嘆氣一邊如此說道。

「雖然認識的時間還不長……但我也隱約感覺到了……」

「……原來連秋玻都發現了啊～～」

須藤嚼著筍乾，有些害臊地說。

「不過，這也很正常……畢竟他的心意那麼明顯。話說，那傢伙昨天會向我告白，八成是因為你們兩個開始交往。他好像相當羨慕你們……」

「是……是這樣嗎……」

說完，秋玻難為情地低下頭。

當我們把開始交往的事情告訴須藤與修司的時候，他們也感同身受般為我們高興。為了紀念，我們在家庭餐廳開了慶祝會，而且還莫名四個人一起去拍大頭貼。

然而，想不到這件事居然會對他們的關係造成這樣的變化……

「……那妳打算怎麼答覆？」

秋玻這句話讓我回過神來。

「他有說希望和妳交往對吧？」

沒錯，對我們來說，這才是正題。

須藤會跟修司交往嗎？

還是說……她會狠心拒絕？

「……老實說，我很迷惘。」

須藤比我們早一步吃完拉麵。

把筷子擺在碗上後，她如此回答：

「我知道他是個好人，也知道他客觀來看是個帥哥，可是……我不確定我們事到如今還能不能變成那種關係。所以，我想聽聽你們的意見……」

說完，須藤露出她偶爾會展露的認真表情。

須藤用從她平時那種不正經的態度難以想像的認真表情看著我們——

「……你們有什麼想法？」

然後用不是開玩笑也不是搞笑的口氣如此問道。

……原來是這麼回事。

喝了口水後，想通一切的我深深呼了口氣。

難怪她不願意把修司叫來這裡……

「……我覺得這是件好事。」

稍微想了一下後，我清楚明白地如此斷言。

「即使在同樣是男生的我眼中，他也是個難得一見的好對象，我想你們一定會幸福的。」

我發自真心如此認為。

像他那麼好的對象可不是到處都有。

畢竟他跟須藤也很合得來，我實在不認為他們會交往不下去。

雖然這一方面是因為我想聲援修司的戀情，但更重要的是我純粹覺得他們會成為登對的情侶。

偷偷看了秋玻一眼後，她也輕輕向我點了點頭。

「……我也覺得修司同學是不錯的對象。」

她一臉認真地繼續說下去。

「他既溫柔又體貼，而且成熟……我想妳一定會很幸福。」

秋玻本身應該也曾在情緒問題上受過修司的幫助吧。

不管是我、秋玻還是須藤，在得知春珂即將消失的時候，情緒上都有些應付不來。

在我們之中，就只有修司的個性成熟穩重，或許他的存在……穩定了我們的精神。

……不過話雖如此……

自己的女友大力稱讚其他男生，還是讓我覺得有些不安……

秋玻居然說修司溫柔體貼又成熟……雖然這是事實，而且他還長得帥、頭腦聰明又擅長運動，根本無從挑剔，可是……

就在我像這樣暗自鬧彆扭的時候——

在吧檯底下，我擺在腿上的手指……被秋玻輕輕捏了一下。

嚇了一跳的我看向秋玻……結果看到她正對著我微笑。

——她似乎看穿我的想法了。

我難為情地低下頭，秋玻則若無其事地把伸過來的手收回去。

「……這樣啊～」

說完，須藤拿起擺在吧檯上的杯子，喝了一小口水。

幸好她似乎沒發現在吧檯底下發生的事情。

「我已經告訴修司，說我要考慮十天……他是在六日向我告白，所以期限就是十六日那天……因為我沒辦法馬上答覆，需要一點時間。可是……嗯，原來你們兩個都贊成啊……」

說完，須藤喝光杯子裡的水。

「謝謝你們……我會再考慮一下的。」

「不客氣。」

「要是還有什麼煩惱，歡迎找我們商量。」

「謝謝。啊～心情輕鬆多了。真的很感謝你們～……啊，我去一下洗手間。」

須藤說完，起身走向店裡深處。

目送她的背影消失在門的另一邊後——

「……原來是這麼回事啊～～」

總算得以放鬆的我大大地吐了口氣。

「看她心事重重，我還以為是什麼大事，原來只是被人告白……不過，我真心覺得修司是個好對象，她到底還有什麼好考慮的……」

「……你說得有道理。」

秋玻小口吃下最後的麵條後，瞇起眼睛。

然後她放下筷子，稍微思考了一下……把手緩緩伸向超薄玻璃杯。

「不過……這也確實是個難題……」

秋玻用指尖輕撫杯口，同時如此說道。

「……會嗎？」

「……因為他們已經先成為朋友了……」

「啊，嗯……」

不知為何……她的表情看起來似乎對此深有同感。

這讓我以為她在吐露自己的心聲……無法從她身上移開視線。

然後——

「這件事有可能……會破壞他們之間的關係，或是讓某人……深深受到傷害……」

她這種說法——讓我的心臟猛然一跳。

「……當然，就算是這樣……我也覺得還是把自己的心意說出來比較好，所以……嗯，我想為他們加油。不管是修司同學，還是伊津佳……雖然我不曉得結果會怎麼樣就是了……」

「……嗯，妳說得對。」

我只能勉強擠出這句話。

現在的我——肯定無法完全理解她這番話的意義以及灌注在其中的心情。

正因如此，我才不想隨便亂說話。

我不想裝出一副很懂的樣子，說些不負責任的話。

店內充滿著大鍋裡的湯沸騰的聲音，還有悶熱的蒸氣，以及不自然的寂靜。

就算變成情侶……

就算成為男女朋友，也沒辦法完全理解對方的心情——

我直到現在才實際體會到如此理所當然的事情。

「……兩位，你們是伊津佳的朋友對吧？」

吧檯後方突然傳出聲音。

轉頭一看——頭髮幾乎全白的壯年店長臉上擠滿皺紋，露出笑容看著我們。

「……啊，對……我們是她的朋友。」

「那我有個祕密要告訴你們。」

我畏畏縮縮地點了點頭，店長繼續包著餛飩，壓低音量說：

「雖然那女孩也算是這間店的常客，但她每次來到這裡，好像都是在情緒非常低落的時候。」

「……是、是這樣嗎？」

「嗯。」

店長露出祖父憐惜孫子般的表情，點了點頭。

「差不多是在上個月的時候，她來到這裡，說她一直沒能察覺好朋友的煩惱，吃完拉麵就回去了。在這之前則是責怪自己亂說話，害朋友戀情受阻。」

「……原來是這樣啊。」

我都不曉得……還有這種事。

原來那個總是活潑開朗、不在人前露出陰鬱表情的傢伙，居然還有這樣的習慣。雖然我當然有發現須藤是個個性纖細的溫柔女孩……但她竟然經常一個人來到這種地方吃拉麵，實在是讓我有些意外。

然後……我突然想到了。

店長所說的「她一直沒能察覺好朋友的煩惱」那件事……搞不好就是在說秋玻與春珂的雙重人格問題。

「……可是，你為什麼要告訴我們這些事情？」

「嗯～～不知為何，她讓我有些擔心。」

「擔心？」

「因為以往都是一個人來的那孩子，這次卻帶著你們一起過來。我猜她可能快要無法獨自承受心中的煩惱了……突然對你們說這些話，真是不好意思。」

「……原來如此。」

「我想你們對伊津佳來說應該是很重要的朋友。既然是她的朋友，那你們肯定也都是好人吧。所以……」

說完，店長再次咧嘴一笑。

「可以的話，請你們幫幫那孩子吧。」

＊

『——你從須藤那邊聽說了嗎？』

才剛開始通話，修司就單刀直入如此詢問。

「嗯……我聽說了。」

我躺在床上，注視著天花板的日光燈如此回答。

耀眼的光芒轉瞬間就深深烙印在眼底，讓我每次眨眼都會看到七彩色的視覺殘像。

『是嗎？我想也是……』

手機另一頭的修司說出這句話後，深深地嘆了口氣。

『那我也可以省些口舌了……』

現在是晚上八點過後，我已經吃完晚餐。

因為接到修司打來的電話，我闔上寫到一半的交換日記，就這樣跟他聊了起來。

『……矢野，你覺得如何？』

修司用有些緊張的聲音這麼問。

『突然聽到我說那種話……須藤是不是覺得很困擾？』

「……嗯～～她應該不至於覺得困擾吧。不過，她確實有些煩惱。」

『我果然害她煩惱了嗎……』

「她當然會煩惱吧。不過，我覺得那是因為她很重視你。」

『……』

「……你怎麼了？」

『啊，抱歉……我只是覺得你一本正經地說這些話果然很奇怪，讓我有點嚇到。』

「……你在說什麼傻話啊。算了，這也怪不得你吧。」

即使是現在，我也偶爾會覺得「不扮演角色的自己」很奇怪。

想到自己扮演角色的行為對旁人造成這麼大的影響，我就覺得自己心中彷彿在不知不覺間誕生了另一個人格。

「不過，我也感到有些意外，沒想到你會這麼不安。我還以為你會更泰然自若地面對這件事。」

『我也很想這樣啊。』

電話另一頭的修司輕聲一笑。

『可是，看來我還是辦不到。所以，嗯……』

然後，修司猶豫不決般沉默了片刻。

『……老實說，如果你能看在朋友一場的分上幫我一把，我會很高興。我總覺得成敗將會取決於接下來的行動……希望你能助我一臂之力，讓須藤答應跟我交往……』

「……原來如此。」

我一邊思考一邊低聲沉吟。

雖然須藤也是如此……看來修司在精神上也陷入了困境。

他們兩人已經有超過十年的深交，但如今卻準備迎來巨大的改變，這也是沒辦法的事吧。

如果是這樣——那我的答案應該就只有一個了。

我拿著智慧型手機，大大地吸了口氣。

「……抱歉，我不能幫你。」

我明白地如此告訴修司。

『咦！』

修司訝異地叫了出來。

『……你為什麼不能幫我……』

「因為須藤已經先找我們商量了……我不能因為跟你是朋友就出手幫你。」

——因為須藤也是我重要的朋友。

我不能只因為「朋友一場」，就幫她推薦男朋友。

聽到我這麼說，修司難得沉默了好一段時間。

『……原來如此。』

然後意氣消沉地小聲呢喃。

『你說的……確實有道理。抱歉，我不該強人所難……』

「嗯。所以……」

我說著——看向為了紀念我跟秋玻交往，我們四個人一起去拍的大頭貼。

那張大頭貼就貼在智慧型手機的保護殼內側。

上面是笑容滿面的我、秋玻、修司與須藤——

旁邊還有一張過了一段時間後，等到人格替換成春珂才重拍的大頭貼——

「——我要以自己的意志把你推薦給須藤。」

『……咦？』

「不是因為你拜託我幫忙，而是為了幫陷入煩惱的朋友做出最好的選擇……我會把自己認為最好的答案告訴她。我認為她應該跟你交往才對。」

——我真心認為修司能讓須藤幸福。

這想法一點都不誇張，這麼登對的情侶可不多見。

更何況——

我總覺得即使沒有自覺，須藤心中應該也對修司頗有好感。

既然如此——那我身為他們的朋友……

就該出於自己的意志把修司推薦給須藤。

『……謝謝你。』

修司一邊嘆氣一邊如此說道。

『真的很感謝……能夠聽到你這麼說，讓我有了勇氣……』

「那就好。再說，我也想藉此報答你的恩情——」

在那之後，我跟修司又說了一些話，然後才結束通話。

——最近發生了好多事情。

我把智慧型手機從耳邊拿開，接上充電器。

同時右耳感受著電話講太久後的耳鳴，並且思考這種理所當然的事。

老實說——我最近都快自顧不暇了。

不但身旁多了擁有雙重人格的熟人，還跟其中一個人格談起戀愛，跟另一個人格變成朋友。

竟然會遇到這種跟漫畫情節差不多的事情，連我自己都不敢相信。

然而——

就算沒有這種戲劇性的前提，人們也都會在人生中懷有某種願望，跟某人談戀愛，創造出許多故事。

只要想到每個人身上都有著珍貴且惹人憐愛的故事，我就覺得彷彿要被隱藏在這世上的故事總頁數以及蘊含在其中的龐大感情洪流吞沒。

從床上起身後，我走向擺在書桌上寫到一半的交換日記。

從跟春珂變成朋友的那一天開始寫的這本交換日記，即使在那之後已經過了兩個月，我們三個人依然繼續寫著。

跟以前相較之下，日記在某人手上停留幾天的情況也變多了。

就算是這樣，這本日記對我們來說依然是重要的交流手段。

而我——

有些在意上一篇日記，也就是我跟秋玻開始交往的那一天，春珂寫下的文章。

——最近，我開始思考許多事情……

——像是該如何活下去，或是想做什麼事情，滿腦子都在想這些問題……

——因為我過去總是在隱藏自己，現在突然能做各種事情，讓我不由得思考自己未來該怎麼做。

春珂最近經常露出一副若有所思的表情。

如果她是在思考未來的生存之道……

如果她下了某種決心——

不知為何，我有預感那會大大地改變我們之間的關係。

如果她有煩惱，那我想聲援她。

身為她的好朋友，我想盡量幫忙。

不過，如果我出手幫忙……未來到底會有什麼樣的結局在等著我們呢？

思考到這裡——我突然想到。

「……對了。」

然後，我撿起被亂丟在書桌上的智慧型手機。

用line發送訊息給「水瀨」這個帳號……

四季：『妳這週末的九日或十日有空嗎？——』

＊

6月8日（五）春珂

今天放學後，我跟加奈與沙也一起去沙也家玩了！

啊，加奈與沙也是我最近交到的朋友！

她們都是手工藝社社員，聽說她們知道我的事情後就一直想跟我一起出去玩……

我還是頭一次遇到這種事，能聽到她們那麼說，讓我感動得差點哭出來……

她們還教我做手工藝，那些東西真的很有趣呢！

沒想到自己也有這一天，不久前的我完全想像不到呢……

希望我總有一天也能做些東西給矢野同學跟秋玻……

你們不要太過期待，靜候我的佳音吧……

啊，這個週末也很令人期待呢！

到底會怎麼樣呢……

希望須藤同學與修司同學能夠進展順利……

我也得加油才行……！

Bizarre Love Triangle

第七章
Chapter.7

夕映少女

三角的距離無限趨近零

「……早安。」

聽到我的呼喚，坐在茶褐色木椅上看書的她——秋玻抬起頭，臉上綻放笑容。

「……嗯，早安。」

「抱歉，妳等很久了嗎？」

「不，沒這回事。」

秋玻搖了搖頭，用吸管喝了口冰咖啡。

玻璃杯裡的咖啡幾乎沒有減少，看來她確實才剛進來沒多久。

——這裡是離學校不遠的咖啡廳。

假日午後的店裡頗為擁擠，秋玻稍微轉頭環視周圍。

「怎麼辦……我們是不是該過去了？」

「不，沒問題。反正還有時間，我也想喝點什麼。」

我邊說邊在她對面坐下，伸手拿起菜單。

在這之後，我們打算一起去參加「某個聚會」。

不過，我們好不容易才成為情侶，在那之前，我也想盡量享受兩人獨處的時光。

正當我看著菜單時，咖啡豆的香味搔弄著鼻腔。

頭頂上的時鐘發出聲響，這種令人懷念的感覺讓我的心情平靜下來。

「不過……這間咖啡廳還真是令人懷念呢。」

向店長點了一杯冰咖啡後，我再次環視店裡。

「上次來到這間店，好像是在我們才剛認識的時候……對吧？」

「是啊……」

秋玻點了點頭，瞇起眼睛。

「那時候我根本想不到會跟你變成這種關係……」

「嗯，我想也是。」

店裡擺了無數古董鐘的這間店，就是秋玻以前向我解釋人格對調這件事的地方。

原來那已經……是兩個月以前的事情了嗎？

秋玻穿著冬季制服，擺出比現在還要冷漠的表情坐在椅子上的模樣，讓我覺得有些懷念。

「……其實……」

秋玻突然發出聲音。

「我當時覺得自己沒希望了，因為我以為你肯定會被春珂搶走……」

說完，她恨恨地瞪了我一眼。

「我當時……可是相當難過喔。」

「……對、對不起。」

不久前才解開的那場誤會——確實全都是我的過錯。

如果我能更有勇氣地踏出一步……

如果我能說出自己該說的話……

秋玻或許就不需要像那樣受苦了。

然而——

「……我開玩笑的啦。」

秋玻說出這句話後，輕輕一笑。

「那不是你的錯，我也一樣誤會你了。再說……」

說完，秋玻把手中的玻璃杯擺在桌上。

「我現在非常幸福……真的很開心。」

端整的五官——柔和地露出笑容。

「在能夠這麼想的時候，我想好好珍惜這樣的時光……」

——那張臉讓我連聲音都發不出來。

她實在太過可愛，讓有如浪潮的感情湧上我心頭，連呼吸都辦不到——

秋玻淘氣地笑了笑，用穿著船型鞋的腳尖在我的運動鞋前端輕輕踢了幾下。

約好的時間將近，我們一起走到店外。

雖然我正沉浸在幸福感當中，如果情況允許，實在很想一直待在店裡……但今天的重頭戲才正要開始。

「……矢野同學，難不成你在緊張？」

秋玻在我身旁走著，一邊小心翼翼地如此問道。

「我總覺得你走路的速度好像比平常快。」

「……啊，抱歉！我走太快了嗎！」

經秋玻這麼一說，我才發現自己在不知不覺中走在她半步前面的地方。

我趕緊放慢腳步，與她並肩走。

「抱歉，我沒有注意到自己的速度……」

「沒關係，別在意。」

說完，秋玻瞇起眼睛。

「你果然還是會緊張對吧？」

「……嗯，妳說對了。」

我嘆著氣表示肯定。

「其實，我不太擅長應付我們接下來要去見的傢伙……」

「原來如此……」

說出這句話後，秋玻斜眼確認我們之間縮短的距離。

然後，她欲言又止地動了動嘴巴……卻又放棄般輕輕嘆了口氣。

時值六月中旬，傾洩而下的陽光讓周圍悶熱到不行。

也許是要結伴出遊，幾位小學生穿著盛夏的服裝穿越馬路。

「……你說不擅長應付對方，到底是什麼意思？」

秋玻微微皺眉後，繼續問下去。

「是曾經吵過架嗎？還是個性合不來……？或者，對方是個可怕的傢伙？」

「不，沒有那種事情。」

看來我好像讓她有些擔心了。於是，我趕緊露出笑容。

「我們並沒有吵過架，他也不是什麼可怕的傢伙，反倒跟我有些相像的地方……」

「這樣啊……跟你有些相像啊……」

「嗯。可是不知為何，我就是不擅長應付他……每次跟他說話都會莫名受挫……」

連我都不是很清楚自己為何會有這種想法。

那傢伙身上並沒有讓我明確感到不悅的地方。

可是……不知為何我就是不擅長應付他。

光是想像跟他見面的情況，我的情緒就已經有些低落了。

……提議要去見他的人正是我自己。

所以，我還說這種話或許非常失禮……

秋玻靜靜注視想著這種事的我。

然後——

「那麼——就讓我來保護你吧。」

「……咦？」

「要是你快要撐不下去了，我會出手救你的。」

總覺得這不像是秋玻會說的話，讓我感到有些驚訝。

她到底怎麼了？為什麼會突然說要保護我……

而且，該怎麼說呢？我總覺得說出這些話的秋玻表情看起來好像有些不滿……

「所以啊……」

她看著一臉茫然的我，不開心地皺起眉頭——把身體靠了過來。

「……你至少該牽著我的手吧……」

「……咦？」

「因為……我已經是你的女朋友了。」

秋玻就站在我的右側，在肩膀幾乎要碰在一起的距離下不開心地板起臉。

看到那種表情，我總算理解她所說的話。

「啊……噢……」

我趕緊用褲子擦擦手掌。

「那、那就……」

我畏畏縮縮地伸出右手，握住她的左手。

——冰涼的感觸從手掌傳來。

——秋玻的手指有如玻璃工藝品般纖細，肌膚就跟絲綢一樣滑嫩。

我一直夢想著這種事情。

在看過小說與漫畫後，便憧憬著與「戀人」之間的這種關係。

而如今夢想終於成真，讓我心跳加速，轉頭看向自己的女友。

「……嘿嘿。」

秋玻總算放鬆表情，對我笑了出來。

*

然而——

「……嗨。」

「嗨……」

那種幸福的感覺——在抵達約好碰面的地點……

抵達西荻窪車站時，就煙消雲散了。

我先向早已來到此處的那傢伙以及他身旁的女生打了聲招呼。

「須藤與修司……還沒到嗎？只有你們兩個？」

然後如此問道。

聽到我這麼問，那個看起來有些冷漠的同年級男生——細野晃，搔了搔他蓬鬆的頭髮，沒把那雙冰冷的眼睛轉過來，就這樣用一如其印象的語氣回答：

「嗯，只有我和柊先到。」

「這樣啊……」

「……那女生是你的女朋友嗎？」

「……啊、啊啊！」

經他這麼一問，我才發現自己還牽著秋玻的手。

我們突然覺得有些難為情，同時放開彼此的手。

「呃、嗯……算是吧……她叫水瀨秋玻……」

「啊，就是須藤提過的那個女生嗎？聽說她好像……遇到了一些麻煩。」

「……沒錯，就是她。」

「……你好，我叫水瀨。」

「妳好，我叫細野。」

即使秋玻打招呼，細野也只有簡短回應，然後就閉口不語。

而他身旁的女生——也就是他的女朋友柊同學，也只是在他身旁靜靜佇立。

——細野晃與柊時子。

他們跟我們一樣，都是宮前高中的二年級學生。

雖然我們不同班，平常不太有機會接觸……但我在去年夏天曾經跟他們一起去過家庭餐廳一次。因為我們之間的共通朋友須藤說：「雖然他是個喜歡看書又超級難相處的傢伙，但其實個性相當溫柔，我想讓你們見一次面。」就把他介紹給我。

起初，我覺得自己跟他應該很合得來。

雖說我當時還在扮演活潑開朗的角色，但能夠認識在內心深處有所共鳴的傢伙依然是件有趣的事情。這一方面也是因為早在之前聽須藤提起時，我就對細野這個人有些感興趣了。

可是，實際見到細野後——我卻感覺到某種原因不明的「隔閡」。

我們確實有著相似之處。

都喜歡書，都不擅長與人相處，都屬於內向的人。

他這些地方跟原本的我完全一樣。

然而，不知為何……

只要跟總是一臉厭世又不多話的細野在一起，我就會感到受挫。

情緒變得有些低落，不知道該說什麼。

——我跟這個人真的合不來……

這就是細野在那一天隱約給我的印象。

……只不過，柊同學似乎沒有細野那麼冷漠。

「……妳好，初次見面。」

「嗯，妳好。」

她怯生生地走到前面後，微微一笑，向秋玻打了招呼。

「那個，我經常聽伊津佳提起妳……」

「我也是，她偶爾會告訴我妳的事情。」

「這樣啊……那還真是有些難為情呢……然後，呃……現在出現的……是秋玻同學……沒錯吧？」

「嗯，是啊。不過很快就要跟春珂對調了……」

「這樣啊，我也很期待見到她呢……」

說完，柊同學露出天真無邪的表情笑了出來。

——我也很期待見到她呢。

這是這次聚會的其中一個目的。

就是讓春珂與柊同學見面。

然後如果可以，就讓她們交個朋友——

我剛認識春珂那時候，她強烈地想要「朋友」。

雖然我成了她的頭號朋友，現在的交情已經好得足以算是死黨了……但她一定需要更多朋友。如果要讓她剩下的時間過得更快樂、更有價值，朋友的存在肯定很重要。

因為這個緣故，我才會在交換日記裡提議，問春珂與秋玻要不要跟須藤與修司之外的人出去玩。

——咦？我想去我想去！

——這個主意不錯。

得到她們的同意後，我便去找須藤商量。

須藤也贊成，想了一下後說：「既然如此……要不要跟細野和小時他們一起去玩？仔細想想，我覺得小時跟春珂應該很合得來喔！」於是她便規劃了這次的約會。

的確，如果是柊同學，應該會跟春珂與秋玻變成好朋友。畢竟她的興趣跟秋玻差不多，個性上感覺也跟春珂很合得來。

更重要的是——

「——對了對了，我也看過《十四歲》這本書了。」

聽到秋玻這麼說，柊同學以手掩嘴。

「咦？真的嗎……？」

「嗯，非常有趣。」

「謝、謝謝……怎麼辦？我覺得有點難為情耶……」

柊同學羞紅了臉，眼神到處亂飄。

「不，我認為這不是需要害羞的事情。因為那本書讓我深有同感，還有許多令人佩服的地方……」

——雖然這件事有些令人難以置信……

而且非常複雜，讓人聽了一頭霧水……

但其實柊同學是《十四歲》這部在幾年前發售的小說的主角。

不，正確來說……是小說主角的原型。

《十四歲》是部以細膩的文筆描述「時子」的平穩生活的長篇小說，作者則是柊同學的作家姊姊——柊TOKORO。透過讓讀者們感同身受，還出了好幾本續集。我也恰巧讀過這部小說，在初次見到她本人並得知這個事實時也大吃一驚。

而秋玻也剛好——在國中時代讀過這部小說。

這麼一來，應該就不用擔心她們沒有話題了吧。

她們一個是雙重人格者，一個是小說的主角，都是有著特殊立場的人，或許能對彼此感同身受。

……順帶一提——

細野原本是《十四歲》的狂熱讀者。據說他就是以此為契機，拉近跟柊同學之間的距離，最後與她成為一對情侶。當我聽說這件事時，心裡還覺得有些羨慕，但現在這已經是個不可告人的祕密了。

「——喂～～！各位～～！」

就在我想著這種事時，從馬路對面傳來熟悉的尖銳嗓音。

「對不起～～我遲到了！」

看向聲音傳來的方向，如我所料，須藤頭髮跳個不停跑向這裡。

「哎呀～～我在路上被演藝圈星探攔住了～～長得太可愛也很令人頭痛呢～～！」

「……不，西荻這裡沒有星探吧……」

「矢野，你很不上道耶！」

須藤說完開心地笑了笑。

「總覺得還是有點不習慣呢～～！算了，反正我不在意～～！」

「是、是喔……」

我漫不經心地如此回答。

不過，我還是一樣會為自己的不上道感到抱歉，也會覺得不太對勁。

看來我那根深柢固的演戲習慣一時之間還改不過來。

然後……我發現細野正一臉訝異地看著我。

「……怎、怎麼了嗎？」

「呃，矢野，你……」

聽到我這麼問，細野維持狐疑的表情反問：

「……你以前是這種個性嗎？」

……啊，對了。

我上次見到細野是一年前左右的事。

當時我還在扮演「開朗外向的同班同學」。

「呃，因為發生了許多事情……」

「這樣啊……」

「細野、小時、秋玻，大家早安！」

須藤用開朗的聲音打斷我們的對話。

「喔，小時今天還是一樣可愛呢～～」

「咦，謝、謝謝誇獎……」

「秋玻也很漂亮喔～～跟矢野交往後，妳變得越來越漂亮了呢。」

「有、有嗎……？」

須藤像是喝醉酒的難纏大叔，開始糾纏兩位女生。

看她一來就興奮成這樣，讓一旁的我也忍不住苦笑。

可是，即使是這樣的須藤——

「——啊，抱歉，看來我是最後一個到的。」

也在聽到從背後接近的這道聲音後——表情整個僵住了。

「……！」

——聽起來既沉穩又舒服的成熟嗓音。

還有非常適合這聲音，有如藝人的端整五官——

「……喔，修司，你遲到了。」

「不好意思，正要出門的時候被我爸叫住了。」

細野說出這些話迎接的人——正是今天要跟我們一起去玩的最後一位同伴，廣尾修司。

「矢野、水瀨同學、柊同學，對不起，我遲到了……」

「沒關係，你沒有遲到那麼久啦。」「嗯，別放在心上。」

「是嗎？謝謝你們……」

向大家如此賠罪後，修司看向背對著他的須藤。

「……須藤，對不起，我遲到了。」

這句話——讓須藤的肩膀抖了一下。

然後隔了一段莫名的空檔，她總算轉身面對修司。

「……沒、沒關係啦。」

她不自然地垂著眼，用沙啞的聲音如此說道。

「嗯，謝謝妳。」

「……」

對話轉瞬間就結束，須藤慌張地遠離修司。

——自從那一天以後……

修司向須藤告白後，他們就一直都是這種感覺。

須藤不斷從修司身邊逃開，連要正常對話都辦不到。

雖然午餐時間還是跟以前一樣，由我、秋玻、春珂、須藤與修司這幾名成員一起度過——但他們之間完全沒有對話。

那種尷尬的氣氛實在令人在意。於是，我在某一天詢問須藤：

「——妳為什麼要躲避修司？我知道妳會感到尷尬，可是……難不成其中還有什麼隱情嗎？」

地點是午休時間即將結束的教室。坐在自己座位上的須藤難為情地含糊其詞。

「不……我只是會緊張啦～」

她說出意外單純的答案，並苦惱地抱著頭。

「我忘記自己以前是怎麼跟他相處的，要是刻意假裝沒事又會變得不自然，所以……嗚嗚嗚……」

「……說得也是。可是如果可以，我還是希望妳能再表現得自然一點。」

「我也想那麼做啊！現在這樣子，我心情一直輕飄飄的，根本沒辦法思考該怎麼答覆他……可是，我又不曉得該如何是好……」

說出這些話的須藤看起來是真的束手無策了。

而修司似乎也因為與須藤之間有了距離而有些受傷。

既然這樣——我得設法幫助他們。

我想讓他們之間變得奇怪的距離恢復原狀。

所以，這次聚會的目標不是只有讓春珂與柊同學變成朋友。

讓須藤與修司能夠「正常對話」也是目標之一。

*

「——咦～～怎麼回事～～為什麼細野的速度那麼快～～！」

螢幕上的虛擬角色接連衝過終點。

須藤重重放下遊戲控制器，發出不滿的聲音。

「細野……你看起來明明不是那種遊戲高手！反倒給人不太會玩遊戲的感覺！可是為什麼你會這麼厲害～～！」

「就、就是說啊！速度超級快……！」

唯一還沒抵達終點的春珂也一邊拚命操縱賽車一邊不斷點頭。

「就連彎道都能快速衝過去，我完全看不懂他做了什麼！」

「而且還擅長唱卡拉ＯＫ，進高中沒多久就交了女朋友……這算什麼！你平常只是在裝酷，骨子裡根本就是個現充對吧！」

「我怎麼可能會是現充……」

細野不耐煩地瞇起眼睛，如此解釋：

「我媽還挺喜歡這種遊戲的……我從小就經常陪她玩，才會這麼熟練。」

儘管前面已經五連勝，他的語氣聽起來卻一點都不高興。

「……原來是這樣啊。」

我也把遊戲控制器擺在桌上，同時沉浸在小小的挫折感之中。

我家也有這款遊戲，之前跟須藤他們對戰的時候，我的勝率還挺高的。

可是……我覺得自己敵不過這傢伙。

「……呼〜〜」

我在沙發上挺直身體環視周圍。

這間客廳打掃得相當乾淨。

在這個到處都擺著觀葉植物的七坪大房間裡，我們正面對五十吋大的薄型電視。

螢幕上顯示著國內遊戲製造商製作的熱門賽車遊戲。

決定讓春珂與柊同學見面後，因為她們兩人都是室內派，這次聚會自然變成室內活動，考慮到人數與空間大小的問題，我們便把地點定為細野家。於是，我們才會一起來到這裡玩遊戲。

……老實說，待在跟自己處不來的人家裡，讓我覺得有些不自在。

簡約的裝潢與傢俱也給我一種「疏離感」。

話雖如此，細野可是好心為完全不熟的我和春珂提供場地，我應該感謝他，根本沒資格抱怨。

「哇，到終點了耶。恭喜妳。」

在旁邊觀看這場比賽的柊同學對總算跑完賽程的春珂如此說道。

「妳今天是第一次玩對吧？我第一次玩這款遊戲時完全跑不到終點，妳這樣已經很厲害了……」

「咦～真的嗎？難道我有玩遊戲的才能嗎？」

「嗯，我覺得有喔。」

「呵呵呵……有嗎～」

「……總覺得她們兩人的互動很療癒人心呢。」

看著柊同學她們的須藤放鬆表情如此說道。

「雖然她跟秋玻在一起的畫面也很賞心悅目，但沒想到跟春珂在一起時會變成這樣……好想把她們的互動拍成影片，在睡覺前一直看下去……」

的確……她們兩人的互動有些脫線，其中完全沒有惡意，讓人看了就會放鬆心情。

人格對調是大約三十分鐘前的事。

因為在別人面前對調會害羞，秋玻便暫時離席。當她變成春珂回來後——馬上就跟柊同學變成好朋友了。

因為她們的個性基本上有些相似。

想法與行動步調也很接近，即使只是在閒聊，她們看起來也相當開心。當然，這一方面也是因為柊同學知道這次聚會的目的，積極地向春珂搭話。

目前，秋玻與春珂的人格維持時間大約是九十分鐘。

雖然離下次對調只剩下一小時左右，但她們肯定能在那之前變得更要好。

這麼一來，問題就只剩下——

「接下來要換誰玩～～？」

「啊，那我要玩。」

「……是、是喔……」

須藤毫不掩飾地移開視線，把遊戲控制器交給修司。

關係還是一樣尷尬的這兩個傢伙了吧……

*

「——喂，接下來要不要玩一下團體戰啊？」

過了三十分鐘左右。

在剛好比完一場比賽時，我思考了一下，向大家如此提議。

「咦？團體戰？」

「那是……怎麼個玩法呢？」

面對細野與修司的疑問，我想了一下後說：

「這個嘛……那麼……我們就兩個人一組，每跑完一圈就換人，一起操縱同一個角色……你們覺得這樣如何？反正我們也差不多明白彼此的實力了，稍微改變一下規則也不錯不是嗎……」

在那之後，細野還是一樣展現出精湛的跑法，春珂與柊同學則繼續平靜溫和地交流互動——須藤與修司之間的距離也依然沒有縮短。

要是放著不管，今天肯定會就這樣散會。

雖然這樣應該也能玩得很開心……

不過，因為須藤預定回覆告白的日子近了，我想好好利用這次的機會。

——懷著這種想法，我才會如此提議。

作戰策略是先勉強拉近他們之間的距離，然後再設法進行下一步。

……順帶一提，不管是每跑一圈就換人玩，還是要大家共用遊戲控制器，我覺得都是有些強硬的做法。

然而，這次聚會的目的終究是拉近須藤與修司之間的距離。

除了須藤之外的所有人都知道這個目的，我希望他們能諒解這種做法的瑕疵。

「……不錯啊。」

令人意外的是，細野第一個跳出來表示贊同。

「畢竟這裡有些人是初次見面……柊，妳覺得呢？會感到不自在嗎？」

細野極其自然地關心女友。

聽到他這麼問，柊同學微微一笑。

「不會……我也覺得這樣不錯。」

……他們兩人明明都不多話，也不是擅長與人相處的那種人。

不過，他們還是像這樣展現出心靈相通的默契，讓我有些嚮往。我跟秋玻總有一天也能給人這種感覺嗎……

我偷偷看向春珂，發現她正怡然自得地看著細野他們，讓我感到有些欣慰。

「我也贊成～～」

「我也覺得無所謂。」

春珂與修司都表示贊同，眾人已經大致取得共識。

只剩下一個人還沒表示意見——

「……嗯～～」

我看向低吟聲傳來的方向——也就是矮桌前方。

坐在坐墊上的須藤正交叉雙臂陷入沉思。

……難道我的做法太過強硬了嗎？

這種做法……是不是讓須藤感到抗拒了？

然而，須藤突然像是靈光一現般猛然抬頭。

「……只有這樣太無聊了！輸掉的隊伍要接受懲罰！」

「這、這樣啊……」

……原來她是在煩惱這個。

「我是無所謂啦……那妳要怎麼懲罰輸的隊伍？」

「嗯～～那麼……就在其他人喊停之前，說出自己不可告人的羞恥事情！」

「……好吧，那我們就這麼辦。」

我觀察所有人的表情，確定沒人要反對後便繼續說下去。

「好，那接下來就是分組了。如果可以，我希望每支隊伍的實力平均一點……」

接下來才是重頭戲。

如果要拉近須藤與修司之間的距離，就必須讓他們在同一隊。

我需要其他人配合演戲。

他們應該都有隱約看穿我的意圖，也會配合現場氣氛組隊才對。

「那、那個……」

令人意想不到的是，最先舉手發言的人竟然是柊同學。

「因為機會難得……我希望能跟春珂同一隊……」

「……什麼！」

我忍不住大聲叫了出來。

「啊，我、我也是……！我也想跟時子同一隊！」

「連、連春珂都這麼說……！」

「咦？不、不行嗎……？」

「唔、呃，我們是無所謂啦，只是……這樣實力不會太不平均了嗎？」

老實說——考慮到實力差距與人際關係，我覺得應該把細野和柊同學、我和春珂、須藤和修司分在同一隊。

然而，沒想到……我的構想居然從一開始就被毀掉了。

「嗯……雖然我們都是初學者，但想要一起努力看看……」

「就是說啊！嗯，時子，我們一起加油吧！」

「這、這樣啊……」

既然她們都這麼說了，我也不能阻止她們了吧。

「那我就先把春珂與柊同學分在同一隊了……」

只不過……這麼一來——

如果想把須藤與修司分在同一隊——

想到這裡，就讓我遲遲開不了口。

「……矢野，跟我組隊吧。」

細野緩緩看向我，並且提出邀請。

「既然都已經認識了，就讓我們混得更熟一點吧。」

沒錯——就只能這樣組隊了。

只能把我跟細野分在同一隊。

「……嗯，就這麼辦吧。」

在不被發現的情況下，我輕輕嘆了口氣。

……他好難相處。

我不知道該如何應對，也不知道該用什麼態度跟他說話……

事情為什麼會變成這樣……居然要我在這個朋友齊聚一堂的地方，跟唯一處不來的傢伙組隊……

……不過，仔細想想……

「讓春珂與柊同學交朋友」。

「拉近須藤與修司之間的距離」。

考慮到這兩個目標，現在的組合確實是最好的。

不管是這次還是我提議打團體戰時，細野不知為何每次都能做出適當的回應。

……難道這傢伙也明白我的意圖，才會從旁提供協助嗎？可是，我總覺得他不像是會做這種事的人……

「那……剩下的就只有我和須藤了。」

「嗯、嗯……」

須藤點了點頭，三支隊伍就此決定。

在實際開始比賽以前，我們再次確認規則。

「賽道就選擇最基本的，每跑一圈就換人，跑四圈就結束。沒有電腦玩家，參賽者只有我們這三隊。我們就用這樣的規則比賽吧，輸掉的隊伍要接受懲罰，在所有人都喊停之前，不斷說出『自己過去的羞恥事跡』……這樣大家沒問題吧？」

「嗯。」「沒問題。」

在場所有人都點頭後——比賽馬上就開始了。

起跑時的玩家是細野、須藤與春珂。

螢幕上出現賽道，各個虛擬角色也並列在起跑線上。

「——好……我絕對要拿第一名！」

「……」

「啊～～怎麼辦？我開始緊張了～～！」

拿著遊戲控制器的人都緊盯著螢幕不放。

柊同學一臉認真地坐在春珂後面聲援她：「加油……！」

然後，在全員屏息以待時……

起跑信號燈開始閃爍。

外型有如氣球的發令員角色用手指倒數——3、2、1……

——0。

——比賽開始了。

同時——

「——啊啊～～！」

春珂狼狽地叫了出來。

她似乎太早踩油門了。

輪胎陷入空轉，春珂選擇的公主角色慢了一大拍才出發。

在此期間——細野選擇的主角以及須藤選擇的蜥蜴角色都成功使出了起跑衝刺。

在體育場搭建的賽車跑道上，車子順暢地衝了出去。

目前的排名是由稍微領先細野的須藤排第一，接著才是細野與春珂。

「好！我要就這樣領先到最後！」

須藤如此宣言後，使勁握住遊戲控制器。

可是——

「——啊～～討厭！別過來啦！」

細野使出精準的甩尾過彎，對須藤的車子猛追不捨。

然後，他還從道具箱裡拿到攻擊道具，也就是沒有追蹤能力的鐵球。

接著不慌不忙地鎖定須藤……

「……好！」

「啊～～！為什麼會被射中啦～～！」

鐵球漂亮地命中目標，把須藤的車子誇張地撞飛出去。

「喂！突然對女生施暴也未免太差勁了吧！你這樣真的有辦法讓小時幸福嗎！」

「不對吧，妳操縱的角色明明就是公的……」

「別想狡辯！啊～～可惡～～！我絕對要超車回去！」

「喂～～等等我啦～～……」

細野把矢志復仇的須藤與只能勉強跟上的春珂拋在後頭，維持第一名跑完第一圈。

「矢野，交給你了。」

「……嗯。」

他把遊戲控制器遞到我面前。

我戰戰兢兢地伸手接下，接著跑下去。

在一瞬間碰觸到的細野手指有些冰冷，讓我覺得有點尷尬。

稍微遲了一段時間，須藤也跑完第一圈了。

「拿、拿去……」

雖然她想把遊戲控制器交給坐在旁邊的修司……

「嗯。」

「……哇！」

但或許是碰到對方的手指——須藤猛然把手收回去，害遊戲控制器掉在地板上。

「糟糕！」

修司趕緊撿起控制器，重新開始駕車。

不過——車子已經完全失去速度，不但被我遠遠拋在後頭，還被春珂的車子拉近了距離。

「時子，對不起，我墊底了！」

「沒關係，妳跑得很棒了，謝謝妳……」

「咦～～真的嗎～～？」

春珂這時才總算跑完第一圈。

在說著充滿療癒感的對話同時，春珂把遊戲控制器交給柊同學。

——賽況就跟我預期的一樣。

在獨占鰲頭的同時，我重新審視現在的局面。

春珂與柊同學果然無法克服缺乏經驗的問題。

雖然須藤與修司玩得不錯，但兩人之間的尷尬氣氛果然成為瓶頸。

只要就這樣順利地玩下去，我們就會獲勝，至少也能成功逃離懲罰遊戲……

只不過——我們這次聚會的主要目的是解決須藤與修司的問題。

接下來到底該怎麼做才能破壞掉須藤與修司之間的隔閡呢……

我一邊切入彎道的內側一邊獨自陷入沉思——卻被飛逝而過的景色吸引注意力，一直想不到好主意。

——在那之後，我們順利跑完第二圈，再次更換選手。

細野依然以他精湛的跑法不斷拉開差距，獨占第一名的龍頭寶座。

維持著細野第一、須藤第二、春珂第三的排名——比賽終於來到最後一圈。

「——看來應該可以順利跑完……」

——最後一圈也只剩下半圈了。

就在比賽再過幾十秒就會結束時，我環視賽道，小聲地如此呢喃。

雖然修司緊追在後，但前面已經沒有難關了。

只要不發生什麼意外，應該就會以這樣的排名通過終點。

……只是——

我一邊思考一邊偷偷看向須藤他們。

比起比賽開始之前，他們兩人的距離應該有稍微縮短了吧。

畢竟他們已經沒像剛才那樣弄掉遊戲控制器，互動也不會顯得生硬。

可是，想到他們以前的關係，這種完全不說話的狀態果然不太自然。

雖說只能一點一點改善狀況，但這種緩慢的進度實在令人著急。

——在思考這些事情時，車子來到最後的道具箱掉落區。

我拿到的東西是……只能稍微加快車速的輪胎。

雖然這個道具沒什麼效果，但考慮到我現在是第一名，這也是無可奈何的事。

而修司緊接著得到的東西——

「……好耶！」

「不會吧……」

竟然是不會追蹤的攻擊道具——鐵球三連星。

如果只有一顆，我還有信心躲過，但要是一次來三顆就相當有難度了……

那是我意想不到的強大道具……

修司的車子來到我後頭，慢慢鎖定目標。

「等一下！別射我！只要繼續這樣跑下去，我們就不必接受懲罰了耶！」

為了避免被打成最後一名，我拚命勸說修司。

「沒必要在這種時候勉強爭第一吧！」

「不，就算是這樣，我還是想全力拚到最後一刻。」

「只是玩個遊戲不需要那種運動家精神啦！」

即使我不斷勸說……修司也完全聽不進去。

然後，就在我衝進彎道的瞬間——

「嗚哇！」

——修司把三顆鐵球一起射了過來。

「可惡！」

我趕緊轉動方向盤，勉強逃過被直接擊中的命運。

可是——鐵球狠狠撞上賽道的牆壁。

然後以無法預測的軌道彈回去——

「嗚哇啊啊啊啊！」

——鐵球筆直飛了過來，把我的車子撞飛出去。

我的車子維持原本的速度，往賽道外面飛了出去。

就在我想著一切都結束了……的瞬間——

「啊，糟了！」

修司叫了出來——猛烈的撞擊聲也在同時響起。

仔細一看——就連射出鐵球的修司也被反彈回來的鐵球擊中，被擊飛到賽道外面。

而跑在最後面的柊同學——

「奇怪……這是什麼道具呢……」

「我也不曉得耶……總之就用看看吧。」

「嗯，就這麼辦……」

就這樣一邊跟春珂悠哉地閒聊，一邊發動這款遊戲能力最強的道具「流星」。

她的車子得到驚人的速度，轉眼間就衝過我跟修司所在的區域，朝終點飛馳——

＊

——因為這起意外……

第一名「時子、春珂隊」。

第二名「細野、矢野隊」。

第三名「須藤、修司隊」。

讓比賽結果變成這樣——

「——啊～～這件事我真的很不想講出來～～……」

我們現在正在進行懲罰遊戲，聽須藤說出她「羞恥的事跡」。

「——其實我昨天兩腳穿的襪子不一樣。」

「——我小學六年級時還曾經尿過床。」

因為這些事跡無法滿足大家，她只好把顯示著「某張圖片」的智慧型手機拿給我們看。

「這是……」

「咦？這是什麼？」

「……明信片？」

「嗯，沒錯……」

須藤點了點頭，害羞地咬住嘴脣。

螢幕上——顯示著一張明信片。

那是有著插畫與手寫訊息的明信片。

插畫是筆繪的，而且顯然出自專家之手。

旁邊還寫著包含「給伊津佳」這幾個字的手寫訊息……

「……咦？這是那部著名漫畫的角色對吧！」

「而且……這是作者本人親手畫的嗎？」

就連探頭看過來的春珂與柊同學都訝異地睜大眼睛。

「嗯……這是《鎮定戰士Tranquilizer》裡的角色，名叫傑諾……」

「啊，噢……原來是《鎮定戰士Tranquilizer》……」

這部作品我也有印象，是一部在七年前左右很流行的少年漫畫。明信片上大大地描繪著那個角色，旁邊則塞滿了「感謝支持」或「很高興妳能這麼喜歡這部作品」之類的訊息。

「那個……這件事我很少告訴別人，我當時非常喜歡《鎮定戰士Tranquilizer》。」

須藤開始娓娓道來。

「雖然是少年漫畫，卻有一種黑暗系的感覺，角色又很帥氣……然後，其中又以這個名叫傑諾的角色特別帥……我當時真的是愛死他了……滿腦子都想著要見他，一直見不到讓我感到痛苦萬分……所以就認真寫了五張信紙左右的情書……寄到編輯部。然後……作者就寄了這封回信給我……」

「咦～～好厲害！」

探頭看向螢幕的春珂眼睛閃閃發亮。

就連細野都一臉佩服。

「與其說羞恥，這根本就是令人佩服的事跡嘛。」

這種事情確實讓人有些羨慕。

要是喜歡的漫畫家或小說家寄了這種信給我，我應該會把信當成寶物一直擺在房間裡吧。

不過——須藤似乎不是這麼想的。

「事到如今，這種事只會讓人感到羞恥吧～～！呃，雖然我現在也會喜歡上某個角色，也不覺得這有什麼不對，可是……就算我還是覺得這很光榮才會像這樣把信拍成照片帶在身上……但認真愛上某個角色，甚至連情書都寫了……也未免太幼稚了吧！」

說到這裡，須藤整個人趴到沙發上，把臉埋進坐墊。

「討厭啦！早知道我就別說要玩什麼懲罰遊戲了～～！啊～～！」

「……這樣算過關了吧。」

「是啊。」

細野與修司笑著如此說道，互相點了點頭。

我也贊同他們的說法。須藤身為提案者，這個事跡算是夠「羞恥」了。

「須藤，辛苦妳了。這樣就夠了。」

「……嗚嗚。」

聽到細野這麼說，須藤總算抬起頭來。

「為什麼我得被自己想到的懲罰遊戲搞得大受打擊呢……」

「那麼，接下來換修司了吧。」

細野說完看向修司。

「須藤都這麼努力了，要是你沒拿出像樣的事跡，大家可無法接受喔。」

「我想也是。真傷腦筋……」

修司搔了搔頭髮，露出苦笑。

「到底該說什麼樣的事跡才能過關呢……」

對於這樣的修司——須藤依然不敢直視。而且她還若無其事地從沙發上起身，重新坐在遠離修司的椅子上。

——結果，我目前還找不到能拉近他們之間距離的辦法。

明明已經讓他們在團體戰時有所接觸，卻還是像現在這種狀態，看來應該無法期待他們自然和好了吧。

因此，我還需要某種契機。如果可以製造出能讓人忘記各種事情，忍不住熱烈交談的情境就好了……

「……啊，對了。」

就在這時，我突然靈光一現。

「那你有沒有什麼……過去的回憶？」

我向修司如此問道。

「過去的回憶？」

「沒錯。你跟須藤、細野不是從小學就一直在一起嗎？既然如此，你有沒有什麼他們已經知道的羞恥事跡？」

——如果是這種話題……

如果是這種須藤也已經知道的「共通回憶」，不就必然能讓他們聊起來嗎？

雖然我沒有足以稱作兒時玩伴的朋友，但如果見到小學時代的熟人，應該也能靠著話當年聊得很開心。

「……啊，那……我就說那件事吧。」

修司說完，有些難為情地露出苦笑。

「我們還在讀小學的時候……不是有個魔法師傳說嗎？」

「……啊，我想起來了！」

「……啊～～我記得是四年級那時候的事……」

細野點了點頭。至今依然沒能重新振作的須藤也小聲地如此說道。

「沒錯沒錯。呃，我先跟矢野他們說明一下吧……簡單來說，就是當時曾經有一項傳聞，說是有個打扮成魔法師的孩子會出現在放學後的學校。那是個披著深綠色長袍，手上還拿著法杖的小男生……」

「哦……」

「那算是鬼故事嗎……？」

「是啊。」

面對柊同學的問題，修司點了點頭。

「就是那種類型的傳聞。該說是鬼故事呢？還是都市傳說？實際上就連遇到那位魔法師就會在一週內死去，或是全家都會受到詛咒之類的傳聞都有。」

「對對對。還有人說他其實不是魔法師，而是死神才對。」

「不過，到了四年級快結束的時候，那位魔法師便開始不再被人提起，到了五年級的時候，大家就已經忘得差不多了……」

修司低下頭，支支吾吾。

然後露出羞澀的苦笑——向我們如此告白：

「……其實那個魔法師……就是我。」

「什麼！」

「咦，不會吧！」

細野與須藤臉色一變。

「咦，修司……咦，原來那個魔法師就是你嗎？」

「是、是啊……是我穿著以前在學藝會上演戲時穿的長袍，還拿著法杖在放學後的校舍裡走來走去……」

「咦，等一下，你為什麼要幹那種事啊……！」

「呃，因為我當時……很崇拜書和遊戲裡出現的魔法師……」

在說出這些話的同時，修司的臉越來越紅。

也許是因為太過羞恥，他的嘴角甚至還掛著奇怪的微笑。

「所以，我才會……想成為魔法師。可、可以的話……還希望不是只有自己扮演，而是讓別人也能看見，成為學校裡的傳說……」

「……修司，只因為這樣……你就把自己扮成魔法師，放學後在校園遊蕩嗎……」

細野一臉愕然。

而我也一樣——不光是我，就連柊同學與春珂也是。

大家都因為這意想不到的告白而愣住了。

修司給人的印象……與這種幼稚的行為相去甚遠。

畢竟現在的修司成熟得就算說他超過二十歲也會有人相信，也讓人懷疑他可能在小學時代就是個沉穩的孩子……

「不過，雖然有時扮成魔法師被別人看見，導致傳聞擴散開來讓我覺得很開心……但在即將放春假的時候，我打扮成魔法師，結果被片岡老師發現了……」

「……啊～～……」

「你竟然好死不死被片岡抓到……」

細野他們似笑非笑地皺起眉頭。

「矢野你們應該不知道吧。我說的片岡老師是一位四十歲左右的女老師，她嚴厲的程度可是出了名的。被抓到的我當然是挨了一頓痛罵，她說我害大家感到不安，最後連我父母都被叫到學校唸了一頓。」

「……真的假的？」

「然後，我因為羞恥與恐懼，大哭了一場……還被迫發誓再也不會做那種事……從此之後，學校裡的魔法師就再也不曾出現了……」

說完，修司難為情地搔了搔臉頰。

「……這就是……我要說的羞恥事跡。」

……房裡有一瞬間鴉雀無聲。

修司低頭不語，其他人也都啞口無言。

聽到這遠遠超出預期的驚人告白，連我都不曉得該做何反應……

可是——下一瞬間……

「……啊哈哈哈哈哈哈！」

客廳裡響起了一陣笑聲。

那是一道開朗明亮的高昂笑聲。

而聲音的主人則是——

「啊哈哈……修司你在搞什麼啊……那個魔法師……竟然是你……啊哈哈哈哈！」

——之前一直與修司保持距離的須藤。

她捧腹大笑，整張臉都漲紅了，眼角甚至還含著淚水。

最後還笑到整個人在沙發上打滾，一臉痛苦地抓著坐墊。

受到她的影響，細野大聲笑了出來，柊同學與春珂也笑了。

也許是因為這實在太難為情了。

「可是，這也不能怪我吧～～！每個人小時候都想當魔法師不是嗎！」

修司忍不住如此反擊。

「就算想當魔法師……也沒有人會特地把自己打扮成那樣啊！更何況……是穿成那樣在學校裡遊蕩……」

「因為一個人打扮成那樣很無趣啊！妳自己不也寄情書給編輯部了嗎！」

「寄是寄了，但我在那之後可沒挨罵也沒哭喔！啊哈哈哈哈！」

「……拜託妳別再笑了～～！」

修司吶喊著跌坐在沙發上。

雖然表情確實很害羞——但也許是因為久違地跟須藤說上話了，他看起來似乎有些開心。

＊

「……矢野，今天真的很感謝你。」

在離開細野家的歸途。

須藤的家跟我們不同方向。跟送柊同學回家的細野分開後，我們三個人前往車站。

修司在我身旁走著，小聲說道：

「老實說，自從告白以後，我一直沒能跟她說上幾句話……所以我真的很感謝你。

春珂也是，謝謝妳。」

太陽已經開始西沉。

我們行經的路段似乎正好是附近女子大學的通學路，周圍可以零星看到剛結束社團活動的女大學生準備回家的身影，而且其中有幾位女大學生——還不時看向在我身旁的修司。

走在染上一層暖色的街道。

即使在我這個男生眼中，臉上掛著沉穩微笑的修司看起來確實有點像電影明星。

「……噢，你不用向我道謝。」

我注意著走在後頭的春珂，如此回答。

「因為那幾乎都是你自己努力的成果。你在那場懲罰遊戲中表現得太棒了。」

「嗯！我也笑得很開心呢！」

也許是再次想起魔法師的事情，春珂微微一笑，接著我的話說下去。

「而且我還跟時子變成朋友了……反倒是我該向你道謝呢。」

——事實上，我覺得修司的努力才是關鍵。

正是因為選擇的話題夠好，須藤才會笑成那樣。

能夠從我隨便拋出的問題接上那種話題，都是因為修司夠聰明。

「再說，接下來才是真正的難關。像這樣冷靜下來後，須藤到底會怎麼想……」

「確實如此……」

我猜須藤在今天以前應該從來不曾認真思考過。

看她不知所措成那樣，完全不敢接近修司，要她冷靜判斷「自己該不該跟修司交往」，她應該辦不到。

可是，須藤與修司之間的距離感已經恢復正常了。

在現在這種情況下，她到底會怎麼看待他們未來的關係呢……

「我到底該怎麼做才好……」

修司交抱雙臂，陷入沉思。

「老實說，我想努力爭取。因為我想跟須藤交往，想在她面前表現出帥氣的一面。可是，須藤早就大致明白我的優點和缺點了吧？所以就算我現在突然採取某種行動，應該也沒辦法改變她對我的印象吧。」

「說得也是……」

仔細想想，事情確實就跟他說的一樣。

須藤與修司已經認識超過十年了。

事到如今，應該已經不太能顛覆過去的印象。

既然如此，那到底該怎麼做才能讓須藤想「跟修司交往」呢？

到底是有什麼顧慮，還是出於什麼原因——才讓須藤不願意馬上答覆呢？

在想著這些事情的過程中，我們來到了一個稍大的十字路口。

我在此向修司道別，準備送春珂回家。

「我還是……去跟須藤談談看吧，問清楚她現在到底是怎麼想的。」

「嗯，那就麻煩你了。結果不用告訴我也沒關係。」

「嗯，知道了。」

說完這些話並揮手道別後，修司就穿越路口往自己家的方向走去。目送他的背影離去後，我轉頭看向春珂。

「……春珂？」

——春珂正茫然站在原地仰望天空。

直到剛才為止，春珂都還正常地參與我們的對話。

雖然她看起來只是在發呆，可是——

那道視線不曉得正看向何方。

烏溜溜的眼睛反射著黃昏天空的橘光。

秀髮被柔和的微風吹起，髮梢劃過了臉頰。

整個城鎮都沐浴在暖色的光芒中。

在傾瀉的陽光下，春珂的身影彷彿要融化消失。

她的身體像是隨時都會從這個世界淡出——

——讓我感到一股莫名的不安。

「——春珂！」

我稍微加大音量，再次呼喊她的名字。

「……啊，咦？」

「喂，妳到底怎麼了！沒事吧！」

「啊……啊啊……」

她似乎總算回神了。

她站在原地不動，眼睛眨了幾下，用一如往常的表情看著我。

「對、對不起……我恍神了一下。」

「……是嗎？」

看到那種表情，我心中的不安總算消失了。

我深深呼了口氣，再次邁開腳步。

「那就好……」

「對、對不起，讓你為我擔心了……」

「不，沒關係……妳有什麼心事嗎？」

「嗯，就是……總覺得大家好像都在談戀愛。」

「……談戀愛？」

「嗯。」

春珂點了點頭，低頭看向自己腳邊。

「你、秋玻、修司同學、細野同學、時子……大家都在談戀愛。」

「……是啊。」

「所以……我才在思考談戀愛這件事……」

這句話——讓我想起春珂寫在日記的話語。

最近，我開始思考許多事情……

像是該如何活下去，或是想做什麼事情，滿腦子都在想這些問題……

「戀愛啊……」

春珂再次如此說完，抬頭仰望天空。

看著這樣的她——我連一句安慰的話都說不出來。

「——那妳也去談場戀愛不就行了嗎？」

像是這種話。

「——妳有喜歡的人嗎？」

或是這種話。

要說出口其實並不困難。

可是，她跟我們——面對的問題並不一樣。

即使是現在，人格維持的時間也在逐漸縮短。

當那段時間總有一天變成零的時候——春珂就會澈底消失。

既然如此，現在我不管說什麼也都只是欺瞞罷了。

所以，至少……

我想像現在這樣——站在茫然眺望著天空的春珂身邊。

一直陪伴著注視遠方雲朵的她。

＊

——隔天。

在學校裡說話的修司與須藤——兩人之間的距離感好像變得跟以前差不多了。

「啊，修司的煎蛋看起來好好吃喔！給我一個！」

「嗯，拿去吧。」

「嗯～～真好吃！那我給你一顆毛豆當作謝禮吧！」

「這謝禮還真是一點誠意都沒有……」

儘管提不起勁，我還是姑且吐槽一句，同時暗自鬆了口氣。

既沒有刻意閃避，也沒有太過接近。

對他們兩人來說，這是最自然的距離感。

正是因為這樣——讓我更加在意須藤不願馬上答覆的原因。

難道她有什麼顧慮嗎？還是想多花點時間考慮清楚？

也許純粹是因為修司不是她喜歡的類型，或是她有其他喜歡的對象。這樣的理由也並非毫無可能。

然後可以的話——我希望能消除她心中的顧慮，幫忙成就這段戀情。不管這最後會讓她得到什麼樣的結論。

因為這個緣故……我稍微考慮了一下，在當晚十一點過後展開行動。

我在夜深人靜時用智慧型手機啟動Line，開始傳訊息給須藤。

＊

四季：『睡了嗎？』

伊津佳：『（小狗睡覺的貼圖）』

四季：『妳明明就還沒睡嘛。』

伊津佳：『我正要睡了。有事嗎？』

四季：『我只是想問看看之後的狀況。妳整理好心情了嗎？』

——過了一分鐘左右。

伊津佳：『嗯～～還沒有。』

四季：『我想也是。』

四季：『然後，我有個問題想問。』

伊津佳：『嗯。』

四季：『修司到底是哪裡讓妳放不下心啊？』

四季：『妳有什麼顧慮嗎？還是單純不喜歡他那種類型的男生？』

通知：【水瀨】傳送了新訊息。

水瀨：『晚安，我是秋玻。你睡了嗎？』

四季：『不，我還沒睡。怎麼了嗎？』

水瀨：『這週末我有個想去的地方。』

水瀨：『矢野同學，你有空嗎？』

四季：『嗯，我有空。』

四季：『妳想去哪裡？』

通知：【伊津佳】傳送了新訊息。

伊津佳：『老實說，這點連我自己都不是很清楚。』
伊津佳：『他到底是不是我喜歡的類型呢？』
四季：『那妳喜歡什麼樣的男生？』
伊津佳：『嗯～～』
伊津佳：『只就外在條件來說，比起那種充滿男子氣概的男生，我更喜歡斯文型的男生吧。再來就是個性認真，偶爾會讓人想照顧他，也能夠接納我的人吧。』
四季：『那修司不就差不多都符合這些條件嗎？』
伊津佳：『啊～～』
伊津佳：『好像是耶。』
四季：『既然這樣，那妳還有什麼好顧慮的？』
伊津佳：『啊，可是，對同性也很溫柔的人好像也不錯。那種只對異性很好的人可不行。』
四季：『咦？修司對男生也非常好喔。』
伊津佳：『有嗎？我印象中好像只有他受女生歡迎的一面。』
四季：『啊～～在妳眼中可能會是這樣吧。』

四季：『比如說……』

通知：【水瀨】傳送了新訊息。

水瀨：『我有部想看的電影。』
水瀨：『明天可以找你商量一下嗎？』
四季：『嗯，當然可以。』
水瀨：『太好了。謝謝你。』
水瀨：『我很期待。』
四季：『嗯，我也是。』
水瀨：『那麼，晚安♡』
四季：『晚安。」

通知：【伊津佳】傳送了新訊息。

伊津佳：『比如說什麼啦～～』

伊津佳：『話說，我可以直接打過去嗎？』

四季：『可以啊。』

通知：【伊津佳】來電。

「……喂。」

『喂～～是矢野嗎？』

把智慧型手機放到耳邊後，從擴音器傳來須藤不高興的聲音。

『我說～～拜託不要讓對話停在奇怪的地方好嗎～～！這樣會讓人很在意你到底想說什麼耶！』

「啊，抱歉抱歉……」

她果然是為了這件事在生氣嗎……

我隨口道歉，並往床上一躺。

「因為我這邊遇到了一些狀況……」

『什麼狀況？』

「就是……秋玻用Line傳了愛心符號給我……」

老實說——在看到那符號的瞬間，我心頭一驚。

沒想到那個秋玻……居然會在Line裡使用愛心符號。

向來文靜沉穩，不太會表現出內心喜悅的她，居然使用了愛心符號……

「總覺得……那種反差實在太大，讓我一個人拿著手機暗爽了好久……」

煩惱地打了又刪，刪了又打的秋玻。

下定決心送出訊息的秋玻。

送出訊息後又擔心這麼做可能太過矯情而後悔的秋玻——

想到這樣的她，就讓我止不住嘴角的笑意。

『……沒事放什麼閃啊～～！』

須藤從擴音器傳來的聲音打斷了我。

『要放閃就去推特的情侶專用帳號放啦！……還有，Line上面的話題還沒結束呢！那個～～你說修司……對同性也很好是真的嗎？』

「嗯，是真的。雖然他對女生很和善，但是在男生眼中，那反倒是在適度地跟女生保持距離。那傢伙對男生可是相當重情義的。」

『……是這樣嗎？』

須藤好像還是無法接受，說得有些不乾不脆。

『在我眼中可不是這樣……』

「嗯，這也是沒辦法的事吧。」

男生對男生展現出的體貼，在女生眼中可能確實不是那麼容易發現。

不過，修司明明那麼受歡迎卻還有許多男性朋友，正是因為他對待男生比對待女生更好。

所以，如果要讓須藤明白這點——

說出我的親身體驗應該是個好主意吧。

「……那個～～我不是等了一個月才等到秋玻的答覆嗎？」

『啊，嗯。這我知道。』

「在那段期間，其實我相當難受，也會有感到不安的時候……」

仔細回想，那一個月真的相當難熬。

我跟秋玻依然跟過去一樣形影不離。

不但放學後經常在社辦裡兩人獨處，還會一起上下學。

然而——我卻得不到告白的答覆。

我現在已經明白那是「秋玻整理心情所需要的時間」。

不過在不曉得會得到何種答覆的當時，我每天都提心吊膽，因為不安而睡不著覺。

「當時修司經常鼓勵我，一下子說：『我很清楚你的優點，對自己有信心點吧。』一下子又說：『她心中肯定早就有了答案，只是想先讓自己冷靜下來吧。』不但直接交談時是這樣，他還經常傳訊息給我，我真的受到了鼓勵。」

——要是沒有他的鼓勵，我或許會做出更沒出息的事情。

像是催促秋玻答覆，或是不斷逼問結果……

我能夠不做出那種蠢事，全是因為修司的關懷。

「所以……嗯，我覺得就算是對待同性，反倒該說正因為是對待同性，他才會那麼溫柔。」

世上確實有那種只對異性溫柔的人。

也有些人會明白說出「對男人溫柔一點好處都沒有」這種話。

而不可思議的是，這種人偏偏很受異性歡迎。

不過，這種人也只把異性看成「目標」或「東西」，那種溫柔只不過是一種追求異性的技術罷了。

真要說的話，修司跟那種人正好相反。

不但人緣好，還能替別人著想，而且都是發自真心。

正因如此——他的男性朋友才會比女性朋友多。

「——我覺得妳擔心的那種事情不會發生。」

我是發自真心如此認為。

『……這樣啊。』

須藤的聲音裡依然夾雜著不安與疑慮。

我甚至感覺她心中的不安變得更強烈了。

結果，不管我之後再怎麼說，也都無法消除她的不安。

——然後，我們結束通話後過了幾個小時。

在我就寢之前，須藤傳了新訊息過來。

伊津佳：『矢野，你睡了嗎～～？』

伊津佳：『呃，其實也沒什麼重要的事啦。』

伊津佳：『我好像知道自己不放心的原因了。』

伊津佳：『（小狗點頭如搗蒜的貼圖）』

伊津佳：『該怎麼說呢……』

伊津佳：『我總覺得像他那麼好的人……』

伊津佳：『那種既受歡迎，長得又帥，個性又好的傢伙……』

伊津佳：『我實在不相信他會喜歡上我。』

6月13日（三）春珂

今天，我在放學後跟時子兩個人一起去新宿買衣服了！

真的玩得很開心～～……

時子跟我的喜好好像挺接近的……

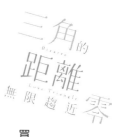

她介紹了好幾間店給我，每間店的衣服也都真的很可愛！

以前為了不被發現，我買衣服的時候都會選擇適合秋玻的衣服，所以這是我頭一次買自己喜歡的衣服，心中有些興奮……

當我說出這件事的時候——

「原來妳有考慮過那種事情嗎？妳以前穿過的衣服，其實很容易分辨出哪些是妳買的喔……」

時子竟然說出了這種話……

今後，這種事應該會經常發生吧……

每天都令人興奮不已呢♡

第八章
Chapter.8

西高東低

Bizarre Love Triangle

三角的距離無限趨近零

——我完全想不到該怎麼解決問題。

「唉……」

來到學校後，我在自己的座位坐下。

我斜眼看著開始陸續聚集的學生，並且抬頭仰望開始下雨的灰色天空。

在完全不像梅雨季節的晴朗六月上旬過後，天氣猛然一變。

這陣子的風都帶著沉悶的濕氣，太陽也幾乎不曾出現。

每兩天就有一天會下雨，一直都是這種令人憂鬱的天氣。

——我實在不相信他會喜歡上我。

須藤說過的這句話，在那之後一直讓我煩惱不已。

我很明白她的心情。

不久前的我也完全無法想像竟然會有人喜歡自己。

不……正確來說——

即使是秋玻已經說她喜歡我的現在，我依然隱約覺得這件事情不太真實。

這肯定是因為我很明白愛情是多麼強烈、殷切、沉重的感情，所以不認為自己是值得別人抱有那種感情的人。

那種既甜美又痛苦的感情，以及活在現實中的醜陋的自己。

我無論如何都無法在兩者之間取得平衡。

然後——如果對方是修司那種優秀的人，須藤會覺得毫無真實感，我覺得也是理所當然。

不過——事實上修司就是愛上須藤了。

他希望須藤接受這份心意。

那到底該怎麼做才能讓須藤實際感受到那傢伙的心意呢？

本人明明已經清楚說出自己的心意，但須藤還是說她無法相信……那她到底該怎麼做才能實際感受到那傢伙的心意呢？

「早安～～！」

我聽到耳熟的聲音，轉頭看向教室門口。

「喔，須藤早安。」

結果看到理所當然般互相問好的須藤與修司。

「今天的溼度是不是有點可怕？我頭髮都捲成一團了，感覺好討厭……」

「聽說晚上會下雨。」

「咦～～真的假的？唉……想到就憂鬱……」

其實這原本應該是可以稍微期待的場面。

被告白的女生正在跟告白的男生開心地聊天。

看到這種場面，至少應該可以認為女方對男方有好感。

可是——如果女方說她無法相信對方會喜歡上自己。

那這幅光景對修司來說或許就有些殘酷了。

「……矢野同學？」

聽到有人這麼叫我——我總算發現秋玻就站在旁邊。

「怎麼了……？你還好吧？你的臉色不太好看……」

說完，她在隔壁的空位坐下，探頭看向我的臉。

「要去保健室嗎？」

「啊，不……我沒事。」

我露出笑容，對秋玻搖了搖頭。

「我只是在想事情……」

「是嗎？那就好……然後，關於之前說後天要去看電影……」

秋玻說著把智慧型手機的螢幕拿給我看。

「我訂到票了。」

「……嗯，那就好。」

——前幾天，我們在Line聊到電影的事。

我在隔天把事情問清楚後便決定要一起去看，看來她順利訂到票了。

秋玻想看的電影，是小津安二郎的《茶泡飯之味》這部作品。

為了紀念導演誕生一百一十五週年，池袋的電影院聽說只會上映一晚。

之前就稍微感覺到了，秋玻似乎喜歡以家庭為題材的電影。

……我有種感覺，隱約有種感覺。

因為家庭因素造成的壓力讓她變成「雙重人格者」這件事，或許對此造成某種影響……當然，我不會把這種想法說出來，也不打算多加過問。

「還有就是，我要說聲抱歉……調查過我會出現的時段與電影院空位後，我只能選擇有點晚的場次。那是晚上十點過後的場次……」

「噢，這樣啊……」

「而且前半段還得由春珂來看……因為這部電影將近兩個小時……」

——目前，秋玻與春珂大約九十分鐘就會對調。

也就是說，秋玻無論如何都不可能一次看完這部電影。

『——我每天至少會看一部電影。可是，我沒辦法一次看完比人格維持時間還要長的電影，這點讓我很不滿——』

以前我們剛認識的時候，秋玻也曾說過這種話。可是……唯獨這個問題無法解決。

「不過，這場次還能趕上最後一班電車……可以嗎？」

「嗯，當然可以。反倒是我要問，妳這樣沒問題嗎？明明是喜歡的電影，卻只能從中途開始看。」

「沒問題。我已經把這部電影租回家看過好幾次了。就算只有結尾，只要能用大銀幕觀賞，我就很滿足了。」

「這樣啊……」

「不過，要對這種東西不太感興趣的春珂陪我去看，倒讓我有些過意不去……」

「……經妳這麼一說，好像真的是這樣。」

我一邊與秋玻如此談笑一邊看向智慧型手機——然後突然發現一件事。

「這一天不就是……」

「……那一天怎麼了？」

「……是須藤說好要答覆修司的日子。」

——絕對錯不了。

寫在上面的日期——六月十六日星期六，正好是修司向須藤告白後的第十天。

——那是她說好要答覆修司的日子。

「啊，對耶……真的是這樣。」

秋玻的表情也變得有些緊張。

「已經過這麼多天了啊……」

秋玻與春珂似乎都很在意他們兩人之間的結局。

這也是理所當然的事。對秋玻與春珂來說，他們兩人算得上是恩人。

也是除了我之外，最先接納她們的雙重人格的重要朋友。正因為如此——

「……希望她能得出好的結論。」

說完，秋玻輕咬下脣。

「雖然我不知道結果會是如何……但只要能得出對他們兩人都好的結論……」

……看到她那無精打采的表情，我不知為何無法移開視線。

秋玻偶爾會像這樣——針對戀愛這回事說出意味深長的話語。

比如說，她那天在拉麵店說出的話也是如此。

『——不過……這也確實是個難題……這件事有可能……會破壞他們之間的關係，或是讓某人……深深受到傷害……』

此外，她在咖啡廳說過的那句話亦然。

『——我現在非常幸福……真的很開心。在能夠這麼想的時候，我想好好珍惜這樣的時光……』

如果要說這些話都沒有太深的含意，應該也不成問題。

她可能只是誠實說出當時的感想。

即使如此……不知為何——

我還是覺得那些話——是秋玻內心不安的體現。

為了遲早會受傷的自己，也為了這段遲早會結束的快樂時光。

彷彿她已經做好了心理準備。

這讓我不曉得該對她說些什麼。

「——咦，那麼，廣尾你也一起去嘛！」

突然——教室裡響起的聲音傳入耳中。

「這樣男女生的人數就剛好了。你只要當成自己是去湊人數的就行了！」

肯定是這句話裡的「廣尾」兩字吸引了我的注意。

當我看向聲音傳來的方向——修司早已結束跟須藤之間的對話，正在跟班上一位很有存在感的女生——古暮千景說話。

她有著嬌小的身體，以及一頭髮梢鬆軟的長髮。

五官精緻又端整，臉上掛著開朗的笑容。

——只就整體條件來看，會讓人覺得古暮同學跟須藤很像。

然而，她還化了完整的妝，感覺起來也充滿自信，給人的印象跟有些脫線的須藤大為不同。

她身後還帶著幾個女性朋友。

看來……她似乎正準備邀請修司出去玩。

可是，修司不好意思地笑了笑。

「不，我就算了吧。我不是很喜歡聯誼那種場合。」

「咦～別這麼說啦。你就去看看嘛！我知道剛開始都會對這種事情感到抗拒，但去了之後就會玩開了！」

我大概搞懂狀況了。

古暮同學——用聯誼當作藉口，想跟修司一起出去玩。

她從以前就很喜歡修司，這件事連旁人都看得一清二楚。

只要找到機會，她就會去跟修司說話，趁機黏在旁邊。

她的朋友們似乎也都很清楚她的目標，一直在找機會幫助她。

至於我──則是茫然想著這種關係到底會有什麼結果。

雖然修司一直委婉地拒絕她，但她也一直勇敢地發動攻勢。老實說，看到她那副模樣，我也曾經想要替她加油。

然而──就在今天……

這次事情的發展跟過去有些不太一樣。

「不，我還是要拒絕。」

「咦～～為什麼！」

「因為我現在沒那種心情。」

「為什麼～～」

「因為我正在等待告白的結果。」

聽到這句話──古暮同學的表情僵掉了。

連她身邊的朋友都在瞬間石化般一動也不動。

「……咦？你這話是什麼意思……？」

不過，修司毫不留情地把事實告訴古暮同學。

「我向人告白了，現在正在等對方答覆，實在沒心情在這段期間去參加聯誼。」

——我覺得這是修司的善意之舉。

他應該也有隱約注意到古暮同學對自己懷有好感。

當然，應該還有其他更能讓事情和平落幕的拒絕方式。

像是說自己有事，或是身體不舒服之類。

可是，他卻明白說出這樣的回答——就是為了不讓對方懷有不必要的期待。

修司總是像這樣，不時對異性展現出嚴厲的溫柔。

也許這就是他在過去經常面對異性好感的過程中學會的處世之道吧。

——我偷偷看向須藤。

她似乎——也注意到在修司座位那邊發生的事情了。

為了避免過度反應，她裝出一如往常的表情，只有嘴角表現出緊張，默默注視著古暮同學等人的一舉一動。

「……那個人是誰？」

古暮同學如此詢問時的表情也明顯變得緊繃。

雖然語氣沒有太大起伏，隱藏在水面下的激情卻讓聲音的表面出現詭異的波紋。

「廣尾，你是向誰告白？」

「這我不能說。畢竟我還沒得到答覆，說了或許會給對方帶來麻煩。」

「是嗎……」

古暮同學點點頭。

不過——她也偷偷看了須藤一眼。

古暮同學肯定也隱約知道修司可能對須藤懷有好感。

雙方的視線交錯了好一陣子。

須藤也堅持不從古暮同學身上移開視線。

然後——這股彷彿有某種東西即將爆炸的緊張感——

「……你還沒得到答覆對吧？」

「嗯，對方說會在後天答覆我。」

「是嗎……總之，我明白了。」

在古暮同學丟下這句話，離開修司身旁的同時，平安地被消除掉了。

不過——看到這幅光景的每個人應該都這麼想吧。

——這件事情絕對不會就此結束。

*

「……哦，電影啊……」

當天放學後，在社辦裡。

一陣閒聊後，我無意間把星期天的事情告訴春珂——結果她不知為何露出若有所思的表情。

「怎……怎麼了？這有什麼問題嗎？」

我還以為這只是單純的約會邀約，沒有想太多，內心頗為雀躍……難不成其中還藏有什麼我沒發現的意圖嗎？

「啊，嗯～～……沒什麼，沒那麼嚴重啦……」

說完，春珂像名偵探般瞇起雙眼。

「我只是有些在意……」

六月也已經接近中旬了。

社辦裡籠罩著前所未有的濃厚熱氣。

窗外是看起來隨時都會下雨的陰暗天空，濕氣幾乎讓人喘不過氣來。

塞在書架上的舊書、蘇聯還在的地球儀，以及貼著外星人貼紙的收錄音機，要是擺放在這樣的空氣中，總覺得好像轉眼間就會沾上濕氣發霉。

「嗯～～……」

說完，春珂看了看智慧型手機。

「你們是六月十六日星期六要去對吧？」

「嗯，是啊……」

「然後，電影是晚上十點二十五分開始的場次對吧？」

「嗯……」

我點點頭，春珂滑了一下手機。

「……啊～～」

她露出彷彿想通了什麼的表情，從喉嚨擠出聲音。

「怎、怎樣啦……怎麼了啊？」

「嗯～～就是啊……該怎麼辦才好呢……」

春珂傷腦筋地皺起眉頭，交抱雙臂。

「要是我說太多，對她也過意不去……」

「嗯……」

「秋玻她八成是……」

說到這裡，她沉默了一下。

「……啊～～不，還是當我沒說吧！」

「咦～～妳為什麼不說啦！」

「對不起！你忘了吧！這真的不是什麼大不了的事情！」

「妳絕對是騙我的吧！」

「不過我還是不能說，這樣我會對秋玻過意不去——」

——就在春珂話說到一半的時候……

「……嗯？」

我從坐著的她身後看到了。

透過社辦門上的毛玻璃窗戶——出現了某人走過去的身影。

雖然那身影模糊不清，沒辦法明確看出身分……但八成是一個高個子的男生和一個身材嬌小的女生。

「……怎、怎麼了？」

春珂似乎注意到我的變化，轉頭看向自己身後，然後不安地如此問道。

「呃，我只是……好像看到有人從那邊走過去……」

我有些在意。

我們擅自使用的這間社辦，也就是前文藝社的社辦，就位在社辦大樓的四樓，很少人會經過這裡。

那對男女為什麼會在放學後經過這種地方——

而且那種身影……

「也許是我想太多了，可是……」

「嗯……」

「……那兩個人看起來像是修司和古暮同學。」

想到在教室裡發生的事——就覺得他們從這邊經過讓人有些放心不下。

然後——

「……啊！你是說修司同學和古暮同學嗎！」

春珂也不知為何慌了起來。

「等、等一下會不會出事啊……唔哇哇……」

整件事情至今的發展，我已經在日記裡全部告訴她了。至於在教室裡發生的事情，也是剛剛才說的。所以，她應該想不到事情會突然在她面前演變成這樣吧。

「會演變成……感情糾葛嗎？」

「也許會……」

「嗚哇……」

春珂一邊發抖一邊重新轉頭看向門。

——然後……

她突然露出下定決心的表情。

「……我們走吧！」

她在說出這句話的同時——猛然起身。

「去看看會發生什麼事！」

「咦、咦咦……」

她那種興奮的模樣讓我不由得被震懾住了。

雖然我確實很在意事情的發展……但這麼做真的好嗎？

人家明明就是為了找個沒人的地方說話，才會專程跑來這種地方……

然而，在我提出異議之前——

「快，你也一起過來……！」

春珂就衝過來抓住我的手。

「走吧！動作快！」

「咦，喂……等一下啦！」

……從以前就是這樣，只要是關於戀愛的事，春珂總是比別人更感興趣。
當她知道我有喜歡的人時，也是急著打聽情況。
還一直想把我和秋玻之間的進展問個水落石出。
其實，我覺得這麼做不太好。
這肯定不是值得誇讚的事情……但我也無法繼續抗拒，就這樣被她拖往社辦出口。

＊

——我們偷偷摸摸地把門打開，看向人影走去的地方。
在走廊上跟了一段時間後，我們來到走廊盡頭，這裡只有通往校舍外側樓梯的門。
他們兩人——正準備走到外面。
然後，我看到他們的背影。
「……噢，果然沒錯……」
「是修司和古暮同學……」
錯不了。
就是今天早上差點在教室裡發生衝突的那兩個人。

既然是古暮同學走在前面，修司跟在後面——這樣肯定是古暮同學把修司叫來這裡的吧。

不過——一旦他們出去外面，這件事就到此為止了。

因為我已經看不見他們的身影，也聽不見他們在說什麼。

正當我放棄跟蹤，準備轉身回去社辦時——

「……你在做什麼啦！」

春珂壓低音量，拉住制服阻止我的行動。

「快，我們去能聽到聲音的地方！」

「咦，不會吧……」

春珂沒有等我回話就小跑步衝了出去。

因為不能放著她不管，我逼不得已只能跟上。

然後來到鋁門前面，我跟著整個人貼在門上的春珂，也在旁邊坐了下來。

實際來到這裡後……嗯。

確實好像能隱約聽到門外的聲音。

雖然我真的覺得很對不起他們，可是……

看來修司他們就在門的另一側，停留在外側樓梯的樓梯間。

從周圍確實看不到那裡，他們應該很難被其他人發現吧。

「……他們現在怎麼樣了呢？」

——春珂的聲音從意想不到的超近距離發出，讓我心頭一驚。

「古暮同學到底打算做什麼……」

回過神時，我才發現她的臉就在離我只有十幾公分的地方。

洗髮精的甘甜香味搔弄著鼻腔。

不光是這樣。

當我發現時，我們的身體已經緊貼在一起——我能隔著薄薄的夏季制服感受到她柔軟的手臂與肩膀。

此外，現在碰到我背後的這種感觸……

這兩個又圓又軟的東西，八成就是——

「——那個……」

我隔著鋁門聽到古暮同學的聲音。

「我有些話想對你說。」

「嗯……」

修司的聲音就跟平時一樣平靜。

然後——

「——我喜歡你。」

我清楚聽見這句話從門後傳來。

我真的聽到了。

「廣尾——我喜歡你。」

——古暮同學告白了。

她把自己的心意告訴修司，直接到令人訝異的地步——

因為這句話太過震撼——我的身體完全僵住了。

腦袋停止運轉，讓我不知該如何思考。

「……是嗎……」

修司低沉的聲音從門後傳來。

「這樣啊……嗯，謝謝妳。」

「所以，你別管須藤了，跟我交往吧……」

古暮同學的聲音在顫抖，即使隔著鋁門，依然能聽得一清二楚。

腦海中清楚浮現出她那張好勝的臉因為不安而皺起的景象。

古暮同學心中的動搖連我都感受得到——讓我差點就忍不住要替她加油。

她的這份心意如此誠摯，如此殷切。

就連待在這種詭異距離下的我都清楚感受到了。

然而——

「抱歉，這我做不到。」

沒有間隔太久，修司便明白地如此斷言。

「我喜歡的不是別人，就只有須藤。所以，我沒辦法跟妳交往。」

「……要、要不然這樣吧！」

即使如此，古暮同學依然再次提議。

「讓我當你暫時的女友也行！只限於須藤答覆之前的這段期間，要是她拒絕你，我們就真的交往……」

「這我也辦不到。」

「那個，如果須藤答應跟你交往，你要把我甩掉也行！怎麼樣？如果是這樣，你不就沒有損失了嗎！」

「……這我也辦不到。」

「……」

「我沒辦法跟妳交往。」

——無情的答覆讓沉默籠罩現場。

這種沉重的寂靜甚至讓人感到呼吸困難。

然後——

「……為什麼？」

古暮同學如此詢問的聲音已經激動到近乎崩潰的程度。

「那傢伙……到底哪裡好了？就連告白的答覆，她也遲遲不願給你不是嗎……？」

話語中開始逐漸帶刺。

「這樣不是很卑鄙嗎？她是不是不把你的告白放在眼裡啊？」

古暮同學——絕非會傷害別人的那種人。

雖然因為她個性剛強又充滿自信，讓她有時候說話比較不客氣，但她並不是那種會隨便攻擊別人的人。

即使如此——

「……古暮同學，妳的心意讓我很高興。」

「我現在不是在說那種事！須藤到底哪裡好了？像她那種對任何人都嘻皮笑臉……假裝每個人都是朋友的女生……！」

古暮同學的聲音中開始蘊含著怒火。

我覺得她只是在遷怒。

古暮同學在這種時候說須藤的壞話——既不光明磊落，也八成不是真心話。

即使如此，她肯定……沒有其他宣洩情緒的管道。

在殷切的心意被人果斷拒絕的現在，她也只能這麼做了。

所以，她現在才會對腦海中的敵人發動攻擊。

「正因為她是那種人，才沒人曉得她私底下都在想什麼不是嗎！既然這樣，你還不如跟我這種——」

「——等一下。」

然而——修司插話時的口氣強烈得讓我倒抽一口氣。

那個總是用溫和語氣說話的修司——居然稍微加重了語氣。

「不管要我說幾次都行，妳的心意我很高興。我是說真的，能夠被像妳這種聰明伶俐的女生喜歡，是我的榮幸。不過——」

說到這裡，修司大大地吸了口氣。

「——我只希望妳不要說須藤的壞話。」

——古暮同學無言以對。

「須藤……她確實很會迎合別人，也會因此搞砸事情，也會因此傷害到別人。而且她還挺任性的……」

修司開始斷斷續續說了起來。

「這點她本人應該也有自覺。可是，她也改不太過來吧，不是犯下同樣的過錯，就是經常惹別人生氣。」

我總覺得全都蘊含在那些話語之中了。

不管是跟須藤共度的十年歲月……

還是對她懷有的好感、憤怒、友情、失望與敬意……

——就在這時……

有人突然在我背上敲了幾下。

回頭一看——春珂正把她手上的「某個東西」亮給我看。

——該輪到這東西出場了！你覺得如何？

春珂微微歪頭，把「那東西」塞了過來。

我馬上就明白——她的意圖了。

……的確，如果現在使用「那東西」，肯定會幫上修司的忙。

說不定還能解決他與須藤的問題。

可是……我們真的可以這麼做嗎？

擅自使用那種東西是可以被允許的嗎？

面對春珂大膽的提議，我實在無法馬上付諸實行。

「不過，我……就是喜歡那樣的她。」

在我煩惱的期間，修司繼續說下去——對我們如此宣言。

「不管是妳還是她本人……我希望所有人都能知道這件事。」

聽到這句話——我的心臟猛然一跳。

——不管是妳還是她本人……我希望所有人都能知道這件事。

……既然如此，照著春珂的提議去做或許是可行的。

就算那麼做是錯的——或許也不該現在就退縮。

我緊咬下脣，向春珂點了點頭後，她便迅速操作「那東西」。

在門的另一邊，修司繼續說下去。

「每個人都會犯錯，沒辦法面面俱到，所以……那個每次做錯事就會大哭，在情緒低落時一個人跑去拉麵店反省自己，勇敢面對自己行為的女孩……我是真的很喜歡她，喜歡到不行。所以……」

——說出這樣的開場白後……

修司總算找回原本溫和的口氣了。

「我想要陪伴著那個一直在煩惱的女孩，希望自己能為她盡一份心力。所以……我希望妳不要說她的壞話。」

聽到這番話——古暮同學陷入沉默。

現場安靜得不得了，彷彿連呼吸聲都會被門後的人聽到一樣。

我隔著制服感受到春珂的心跳。

然後——

「……是嗎……」

古暮同學小聲地如此說道。

「這樣啊，抱歉……我錯了……」

這句話似乎成了導火線——古暮同學再也壓抑不住自己的感情。

在門的另一邊，古暮同學開始發出啜泣聲。

然後——

「……該道歉的人是我。」

從修司回答的聲音——聽得出他的溫柔。那是發自內心的關懷。

「對不起，我沒辦法回應妳的心意，難得妳喜歡上我……真的很抱歉。」

我和春珂默默看向彼此，從門邊離開。

然後，我們放輕腳步回到社辦，躡手躡腳地把門關上——

「……唉～～春珂，妳還真是大膽耶。」

「嘿嘿嘿，我也這麼覺得……」

說完……春珂把她手上的「那東西」——智慧型手機拿到我面前。

「不過……到這個地步，我們就是共犯了。」

我深深吐了口氣，總算死心了。

「事已至此，看來我也只能做好覺悟了啊～～……」

*

——須藤打電話過來了。

那是把檔案傳過去，大約過了十分鐘後發生的事。

「……須藤，妳聽完了嗎？」

我詢問電話另一頭的她。

「修司說的那些話，妳都聽見了吧？」

『……嗯。』

須藤拘謹的說話聲從擴音器傳來。

「這樣妳明白了吧？修司是真的喜歡妳。那傢伙的心意——是貨真價實的。」

——當我們偷聽修司說話時，春珂拿給我看的東西正是「智慧型手機」。

而且還是——已經啟動錄音程式的智慧型手機。

換句話說，她是如此向我提議的。

——我們把這些對話錄下來，讓伊津佳聽聽看吧！

那果然是用智慧型手機與秋玻共享記憶的春珂會想到的主意。

然後……聽到修司顯露感情的聲音以及那些發自真心的話語，確實應該能把他的心意傳遞過去。

只不過……擅自錄下別人的對話還是讓我感到十分抗拒。

這種利用古暮同學的手段也令我有種罪惡感。

可是，這確實是唯一能夠打破目前局面的方法。

而且我無論如何都想讓她知道。

修司的這份心意貨真價實。

我想讓須藤知道那傢伙有多麼喜歡她。

因為那種無法傳達自己心意的痛苦，我已經在今年春天體會過了。

……因此——

我跟春珂才會用錄音程式開始錄音，只從修司的聲音裁出需要用到的部分，放到一個檔案裡面——然後傳給須藤。

『每個人都會犯錯，沒辦法面面俱到，所以……那個每次做錯事就會大哭，在情緒低落時一個人跑去拉麵店反省自己，勇敢面對自己行為的女孩……我是真的很喜歡她，喜歡到不行。』

『……嗯，我現在……非常……清楚了……』

就算隔著手機，我也能感受到須藤的動搖。

那傢伙這麼驚慌，或許是頭一次。

正因如此，我才能清楚感受到。

修司真正的心意也傳達給須藤了。

在須藤心中，修司的愛意已經成為現實——

「所以啊……妳就好好接受這份心意，在星期天做出回答吧。」

我感到放心的同時，再次向電話另一頭的人說話。

「事情就是這樣。不好意思，突然打擾妳。那我要掛電話了——」

『——等一下！』

——電話另一頭的聲音急切地打斷我。

『矢野，先別掛電話！』

「咦？怎、怎麼了啊……」

『那個……我想見你！掛斷電話後馬上見面！』

「咦……好、好啊。那我們要在教室碰面嗎？現在過去的話，春珂應該也在——」

『——不是的！』

須藤的聲音再次打斷我。

『我想和你……兩人單獨聊聊！』

＊

——我來到約好碰面的公園。

她已經坐在長椅上等我。

「……對、對不起，讓你特地跑一趟。」

須藤邊說邊走向我。

「我、我有些話……無論如何都想告訴你……」

她穿著一件有些鬆垮的針織衫，以及質地看起來很柔軟的短褲。

正字招牌的雙馬尾也放下來了，變成普通的中長髮。

看來她已經回到家，又慌慌張張地跑出來。

不曉得是因為急忙出來，還是因為內心動搖——

她的雙眼像是隨時都會哭出來一樣紅潤，臉頰微微泛紅，呼吸也有些急促。

「這倒是無所謂啦……妳找我有什麼事？」

雖然我能理解她為何心生動搖，但那副模樣實在太過慌亂了。

我們一起坐到長椅上，同時我忍不住探頭看向她的臉。

「等等，我現在沒化妝……別這樣盯著我看。」

「現在不是說這種話的時候了吧…………妳覺得怎麼樣？妳已經明白那傢伙的心意了吧？」

「……嗯。」

須藤點點頭，臉龐也變得更為紅潤。

那雙眼睛已經紅潤到快要流下淚水了。

「我完全明白了……」

看到她這副模樣……我不禁想到。

說不定須藤才剛明白他們兩人的心意。

不光是修司的心意——也包括她自己的心意。

「……那妳心中有答案了嗎？」

我緊張地如此問道。

須藤垂著眼，注視著眼前的地面。

「……應該有吧。」

「……是嗎？」

我自然而然深深地嘆了口氣。

須藤到底得到什麼樣的答案——我現在還是別問了吧。

頭一個聽她表白心意的人必須是修司。

可是……須藤心中肯定對修司懷有好感才對。

他們兩人會經常混在一起，毫無疑問是因為對彼此有著強烈的正面感情。

然後再看看眼前的須藤現在的表情……

如果是這樣，須藤得到的答案肯定是……

「……我、我可以……問一個問題嗎？」

「什麼問題？」

「……矢野——」

須藤先是輕輕地吐了口氣。

然後抬頭仰望我。

那是有些不安，像是在刺探的表情。

「……你怎麼想？」

「……什麼意思？」

「……要是我跟修司交往，你會怎麼想？」

聽到這裡——我確信了。

我已經明白她得到的答案以及將要告訴修司的話語——

幸福感讓我不由得揚起嘴角，差點就要大聲笑出來。

不過，在此之前——

「——那還用問嗎？」

面對這樣的她——我挺起胸膛，明白地如此回答：

「我會獻上——滿滿的祝福。」

她肯定是感到不安了吧，擔心他們開始交往，會改變跟我們之間的關係。我記得當我剛開始跟秋玻交往的時候，也會在意這種事情。

當然，事實證明我只是杞人憂天——所以須藤也只是杞人憂天罷了。

須藤默默注視著這樣的我。

「……這樣啊……」

說完，她瞇起眼睛。

「那你……那個……」

「嗯？」

「對這件事……」

「……？」

須藤緊咬下脣，默默注視著我。

「……抱歉，沒什麼。」

說完，略顯疲態的那張臉上浮現出溫和的笑容。

「我只是想問這個而已。謝謝你……」

在那之後，我們在公園前面揮手道別。

星期五的黃昏時分，空氣中帶有一點濕氣。

……噢，對了。

下星期在學校見面時——這傢伙就會變成修司的女朋友了。

我看著須藤逐漸消失在傍晚住宅區的背影，思考著這種事情。

＊

——在我眼前有三個鑰匙圈。

一個是迷你天球儀鑰匙圈。

一個是外觀有如可愛機器人的鑰匙圈。

一個是造型單純的心形鑰匙圈。

然後——

「這三個鑰匙圈……你覺得哪個比較好？」

——在這些鑰匙圈的後面，是秋玻納悶的表情。

「……嗯～～這個嘛……」

我為那表情感到心動，同時也不由得交抱雙臂，低聲沉吟。

「這些鑰匙圈很好看，我覺得都不錯……實在不想馬上做出決定。秋玻，妳有比較喜歡哪一個嗎？」

「讓我想想……」

她用右手重新拿起鑰匙圈。

「天球儀很漂亮……機器人也很可愛。」

「對啊。」

「……不過，其實……」

說完，她難以啟齒般含糊其辭。

「……我最喜歡這個……心型鑰匙圈……」

「……啊～～……」

——晚餐時間就快到了。

我們所在的時尚生活雜貨店裡擠滿了年紀與我們相仿的高中生與大學生。有獨自拿筆試寫的大姊姊，還有兩位拿著國外的詭異人偶說笑的男生，以及幾組和睦地肩並肩的情侶——

……在旁人眼中，我們也是一樣。

正在找尋成對鑰匙圈的我們看起來也像是「感情很好的高中生情侶」吧……

——仔細想想，這是我們正式交往後的第一次約會。

雖然我們經常在社辦裡獨處，也會一起上下學，或是約在咖啡廳見面，但那些行為感覺起來就只是「日常生活的一環」，話題也總是圍繞著修司與須藤。就感覺上來說，並非「兩人獨處的時間」。

所以，這次以看電影為藉口來到池袋，對我們來說可算是頭一次約會。是我第一次跟「女朋友」共度的悠閒時光。

——矢野同學，這兩件連身裙，你比較喜歡哪一件？……這、這件嗎？要我露出肩膀，我可能會有點難為情耶……

——這是什麼……要我把這種跟鐵絲一樣的東西……戴在頭上？嗚啊哇哇，啊，這、這到底是什麼鬼東西啊？感覺好可怕……

——甜點就不用了……因為我最近胖了一點，正在減肥。我、我是說真的啦……啊，可、可是！你可以分我一點點嗎？

跟女朋友之間這些微不足道的互動，都讓我感到無比開心。

我真心希望這種時光能夠永遠持續下去。

「……心型好像讓人有點害羞耶。」

我煩惱了一下，提出自己的意見。

「啊，我是覺得那個鑰匙圈不錯啦！只是我們這樣好像放閃放太大了……」

「說……說得也是！身上帶著這種東西好像有點丟臉……」

「我沒有說得那麼嚴重喔！不過，感覺好像會被人拿來尋開心……」

在那之後，我們兩人也猶豫了很久。

結果，因為我最近讀了跟星星有關的小說，便選購了天球儀型鑰匙圈。走出店裡，我們馬上就把鑰匙裝上去。

「……呵呵呵，總覺得做這種事很令人開心呢。」

我們漫步在人潮中。

秋玻說出這句話後，微微一笑。

「有種特別的感覺……嗯，真的很開心。」

「……是啊。」

我簡短回答的同時，也無法壓抑自己的笑意。

家裡的鑰匙就塞在褲子的口袋。

平時完全不會去意識到的那東西，現在卻讓我覺得莫名重要。

「……希望——」

秋玻依偎在我身旁，用作夢般的表情如此說道：

「這種跟你成對的東西，今後能越來越多……」

「……嗯，我也希望。」

「希望就算我們升上三年級，變成大學生，就算出社會，也能一直持續下去……」

秋玻瞇細眼睛，像是在想像著我們的未來。

我望著她走在池袋夜景當中的身影，也想像起長大成人後的我們。

希望我們都能自己住在外面，最好是能讀同一所大學。

希望我們能一起去遠方旅行，或是過著半同居生活……

然後——想到一半的我突然發現。

……對了。

到那時候……

當我們成為大學生的時候……

春珂——就已經不在這個世界上了。

我彷彿被潑了一頭冷水，感到一陣寒意。

幸福感瞬間反轉，內心的苦楚讓我緊咬下脣。

然後——

「…………」

我發現秋玻正盯著我看。

剛才掛在臉上的笑容消失不見——露出有些悲傷的表情。

「……妳怎麼了？」

「……那是我要問的問題。」

說完，秋玻探頭看向我的臉。

「我看你的表情好像很痛苦……」

「……不，我沒事。」

我有一瞬間差點就實話實說了。

這可是難得的約會，我不想聊那種事破壞這種幸福的氣氛。

「我只是……想起最近讀過的書罷了。」

「……是嗎？」

也許是被這個破綻百出的謊言騙過去了，秋玻重新面向前方。

「那就好……」

說完，她再次看向自己手中的鑰匙圈。

又小又圓的鑰匙圈在路燈照耀下，反射著金色的光芒。

＊

「——啊，對調了。」

兩個人一起吃完晚餐後，我們前往電影院。

當我們坐在位子上等電影開始時，她——春珂這樣叫了出來。

看來人格似乎是在這個時間點從秋玻對調成春珂了。

「妳出現得正好，電影就快開始了。」

說完，我把這部電影的介紹小冊子拿給她。

「好像是呢。打擾你們難得的約會，真的很對不起……」

在接過小冊子的同時，春珂一臉抱歉地垂下肩膀。

「沒關係啦，妳真的不用放在心上。」

「就算你這麼說，我也……」

在今天的約會，她們已經對調好幾次了。

雖然距今九十分鐘左右以前，我也是跟春珂一起度過，但她當時也是一副非常過意不去的樣子。的確，不得不像這樣打斷別人第一次約會，或許會讓她感到不自在吧。

不過，我並不討厭跟春珂在一起，反倒覺得這些時光真的很寶貴。所以——

「不知道這是部怎樣的電影，真教人期待～」

我盡可能用開朗的表情對她這麼說。

春珂輕輕吐了口氣，轉頭看向銀幕。

「對啊……」

然後——

「……結果到底會怎麼樣呢？」

……總覺得她的語氣有些耐人尋味。

我不覺得那是在說即將開始的電影。

「……什麼結果？」

「……矢野同學，你真的還沒發現啊？」

春珂轉頭看過來，表情有些傻眼。

「咦？發、發現什麼啊……」

「……秋玻真可憐～」

「為、為什麼這麼說！妳到底在說什麼……」

「說什麼……這個嘛……哎，這件事也不是與我無關，所以，你自己想啦……」

「……可是我真的想不到。」

「算了，你不知道也好。要是你表現得太明顯，秋玻應該也會害臊吧。再說……」

春珂從我身上移開視線。

「我也會不知道該用什麼表情跟你說話。」

「好吧……」

——就在這時，電影院裡的燈光熄滅了。

觀眾席籠罩在黑暗之中。

雖然很在意——但也只能聊到這裡。

在心中有所牽掛的情況下，我把注意力集中在銀幕上。

*

「——對不起，我沒想到會拖到這麼晚……」

然後——電影開始後過了兩小時又幾十分鐘。

時間已經超過十二點，在深夜的池袋街頭，我們正快步走向車站。

秋玻的額頭露出汗水，一臉困擾地皺起眉頭。

身旁的路人都是身穿西裝的上班族以及大學生集團。

要不然就是職業不詳的凶悍年輕人——像我們這樣的高中生連一個都找不到。

「沒想到時間會這麼趕……」

「不，秋玻，這不是妳一個人的責任……」

看到秋玻一臉嚴肅地緊咬著唇，我笑著向她如此說道。

「如果我再慎重一點，事情就不會變成這樣了……」

心臟從剛才開始就跳得很快，不知道是因為我們正在趕路，還是因為秋玻的肩膀偶爾會碰到我。原因連我自己都不是很清楚。

——《茶泡飯之味》比我想的還要有趣。

因為那是以前的名作，讓我有些不太放心，春珂也說她可能不是很喜歡那部電影。不過，簡單易懂的劇情與故事背景的四零年代文化都很有趣，當我回過神時，電影已經播完了。

也許因為這是秋玻喜歡的作品，我才會從一開始就對它懷有好感吧。

不過——問題發生在電影播完之後。

分頭去電影院的洗手間後，我們都搞錯會合的地點了。

當我們用手機彼此聯絡，好不容易在電影院門口會合時，已經過了十分鐘。

結果——我們只能像現在這樣，趕往車站搭最後一班電車。

然後……

「——啊啊……」

就在我們快抵達車站時，看向手機的秋玻叫了出來。

「來不及了。最後一班電車好像在剛才出發了……」

「……真的假的？」

「是真的。那是三十七分開往涉谷新宿方向的山手線電車……」

聽到她這麼說，我也看向手機——發現已經十二點三十八分了。

我當場停下腳步，因為焦急而深深吐了口氣。

我還是頭一次沒搭到最後一班電車……

畢竟我從來不曾這麼晚還在外面，也很少到無法走路回家的地方玩。

遇到這種情況……到底該怎麼辦才好？

在陌生的城市跟女友兩人獨處。

這種時候，我到底該怎麼做才是最好的解決之道……

絞盡腦汁想了一下——

「……我們搭計程車吧。」

我向秋玻如此提議。

「車錢我出就好。我們就坐計程車回去吧。」

我越想越覺得只有這個辦法可行。

的確，車錢會遠比搭電車來得高，這對我絕對是個重大損失，而且說不定還得多付深夜加成費。

可是——仔細回想，春珂前幾天曾經說過：

「爸爸跟媽媽都知道秋玻交男朋友了——」

——也就是說……

秋玻的父母或許都已經猜到她今天出來是要約會。

要是女兒今天沒有回家，他們或許會認為「都是男朋友的錯」。

而且更重要的是——讓秋玻繼續待在不熟悉的夜晚街道，會讓他們純粹為此感到擔心。

如果是這樣，我覺得就算稍微逞強也應該想辦法回到西荻才是最好的選擇。

「妳看，那條街上有不少計程車經過，我們隨便找一輛搭吧。」

說完，我拉著秋玻的手準備走向那條街。

然而——

「……不。」

秋玻搖了搖頭，站在原地不走。

「我不能讓你這麼破費……」

「不，現在不是說這種話的時候吧。現在這樣很危險，妳父母應該也會擔心……」

聽到這句話，秋玻微微皺眉。

比起感到不悅，那表情更像是有罪惡感……

正當我對此感到疑惑時，秋玻怯生生地開口：

「……其實——」

「……怎麼了？」

「我可能有一點點故意。」

「……故意？」

我聽不懂她突然說的這句話是什麼意思？

「什麼意思？」

喝得爛醉的上班族笑咪咪地看向這裡，從如此詢問的我身旁走過。

可是，秋玻沒有回答我的問題。

「你不用擔心我父母……」

「為什麼？」

「因為我已經告訴他們，今天要去朋友家玩，說不定會在那邊過夜了。」

「……咦？」

「所以……我今天不回家也行。」

——聽到這句話，我總算開始理解秋玻說的話。

「那、那個！我、我並沒有……想說絕對要這麼做！」

秋玻紅著臉開始辯解。

「只是試著稍微動了點手腳……看能不能讓事情變成這樣，所以去完洗手間以後才會跑到有點難找的地方……」

「呃，等、等一下！」

我打斷忸忸怩怩地說個不停的秋玻，向她問道：

「呃，那個……就算妳是有點故意……妳之後到底打算怎麼辦啊！那個……我們回不去了喔。」

「嗯……可是……」

說完，秋玻抬起頭——用不安的眼神看向我。

「這附近……應該有可以過夜的地方吧？」

——聽到這句話，我環視周圍。

這裡就位在鬧區附近——確實可以看到不少「可以過夜的地方」的看板。

仔細想想——自從我們開始交往後，秋玻就出人意料地一直相當積極。

先說想接吻的人是秋玻。

先說想牽手的人是秋玻。

規劃這次約會的人也是秋玻。

當我悠閒地想著「真是幸福～」的時候，秋玻一直在努力推進我們之間的關係。

而現在——秋玻正準備往「下一站」前進。

「……對不起，我擅自做出這種事情。」

秋玻說著緊咬下脣。

也許是因為不安，她的聲音抖得很厲害。

然後——

「你是不是嚇到了……？可是，我比自己想的……還要擔心，心中有些焦急……」

「妳何必那麼焦急呢？」

「你說得對，對不起……可是，不光是因為這樣……我只是……」

秋玻用纖細的手指——揪住我的襯衫衣襬。

「純粹想跟你……一直在一起。」

＊

——我頭一次踏進名為「賓館」的建築物。

裡面的裝潢莫名華麗，讓我嚇了一跳。

儘管違反條例，高中生還是輕易租到房間這件事也讓我感到驚訝。

雖然早就有心理準備，但看到房間裡只有一張雙人床，我還是嚇了一跳。

我放下隨身物品，坐在房間角落的椅子上，發現自己——這輩子不曾這麼緊張。

難道……事情真的會變成那樣嗎？

我跟秋玻等一下就要做那種事了嗎……

腦海中浮現出……有著意外直接的性愛描寫的小說、漫畫與電影。

在那些作品之中，男人和女人互相渴求著彼此的肉體。

我想起作品中描述的女性肉體，以及那些煽情的性行為。

然後，在對那種事有些許罪惡感的同時，我也感到十分憧憬——

我偷偷看了一眼……坐在床上的秋玻看起來莫名成熟。

描繪出柔和曲線的肩膀，以及雕刻般的纖細脖子。

相較於纖瘦的身軀，藏在針織衫底下的雙峰顯得意外地有存在感。

穿著船型鞋的腳就跟肥皂一樣白皙滑嫩，從看起來很柔軟的小腿與沒有瑕疵的膝蓋，一直延伸到裙底下的暗處。

我差點就想像起藏在裡面的東西。

「……那、那個！」

為了打斷自己的妄想，我勉強叫了出來。

「呃～～……我該怎麼向春珂解釋？妳們馬上就要對調了吧？大概還有多久？」

我想起前幾天在教室裡跟秋玻之間的對話。

『——而且前半段還得由春珂來看……因為這部電影將近兩個小時……』

換句話說，自從這次秋玻出現，已經過了將近一個半小時。

因為目前的人格維持時間是九十分鐘，春珂很快就要出現了。

既然如此，我就得先想好該怎麼向她解釋。

……然而——

「……大概還有四十五分鐘吧。」

秋玻看向手機，接著如此說道。

「咦……還有這麼多時間嗎？」

「……矢野同學，沒想到你真的沒發現耶。」

秋玻說完垂下眼眸，輕輕一笑。

「在電影開始之前，不是從我換成春珂了嗎？既然電影長度是一百二十分鐘……那我能看到的就只有最後三十分鐘才對。」

「……咦？」

我有一瞬間無法理解……但確實是這樣沒錯。

秋玻與春珂上次對調是在電影即將開始的時候……沒錯，這樣的話，秋玻確實只能看到三十分鐘左右的電影。

可是……為什麼會出現這樣的誤差？

這跟她在教室裡跟我說的對調時間並不一樣。

……難道說，人格維持的時間又大幅縮短了嗎？

是不是又有預期之外的變化發生在她們兩人身上……？

正當我對此感到不安時——秋玻露出不太高興的表情。

她深深地嘆了口氣。

「矢野同學……你真的……」

「……我怎麼了？」

「真的……很遲鈍……」

「我哪裡遲鈍了啊……」

「……因為……」

秋玻靜靜注視著我，然後下定決心般明確地說：

「……因為我想讓我們一起待在這裡的時間更久一點。」

「……」

「雖然可以一起待到早上，但我不想剛進來就馬上對調，所以……我才會說謊。」

「……真的假的……」

「嗯。我想春珂也察覺到了。」

說完，秋玻脫下自己披著的針織衫。

「她八成已經發現我動機不單純了。所以，我希望能得到她的諒解……那個，雖然我有些不安……」

聽到這句話……我想起來了。

我想起開始看電影之前的對話，以及更早之前聊到看電影的事情時，春珂沒有說出口的話。

「——我只是有些在意。」

「——要是我說太多，對她也過意不去……」

「——秋玻她八成是……啊～～不，還是當我沒說吧！」

原來春珂——早在那時候就發現秋玻要這麼做了嗎……

「……過來吧。」

坐在床上的秋玻——筆直注視著我這麼說。

「如果你不要就算了，可是……可以的話，我希望你過來……」

這句話讓我的心臟猛然一跳。

掌心冒出冷汗，呼吸也變得急促。

「嗯、嗯……」

即使如此，我還是站了起來，戰戰兢兢地在她身旁坐下。

保險起見——還在中間保留了二十公分左右的距離。

床墊的彈力讓我頭暈目眩。
擺在枕邊的小型鋁箔封套映入眼簾。
我知道那是什麼東西，也曾經看過班上男生拿出來炫耀。
正當我被那股臨場感震撼時——
「……！」
秋玻她——拉近距離，整個人靠在我身上。
我能隔著襯衫感受到秋玻柔軟的手臂與體溫。
聞到從她頭髮飄過來的甘甜香氣，讓我感到胸口一緊。
然後，她把腦袋倚靠在我的肩膀上——
「做這種事……其實我也有些不安。」
接著小聲地這麼說。
「……不安？」
「嗯。因為……春珂再過一下子就會出現了吧？」
「是這樣沒錯。」
「到時候……」
秋玻有些結巴地說：

「春珂跟你之間……可能會發生什麼事情。」

「……發生什麼事情？」

我有一瞬間——無法理解這句話的意思。

我跟春珂之間會發生什麼事情……？

「所以，在事情變成那樣之前……至少我要先在發生什麼事情之前……」

不過，我很快就想通了。

理解她這些話的意義後——

「……妳到底在說什麼啊！」

我忍不住大聲叫了出來。

驚訝、焦躁、些許憤怒與動搖，讓我的心跳變得更快。

原來——

秋玻她是對我跟春珂的關係在這之後或許會改變感到不安——

「為什麼……為什麼妳要那麼想！」

在說出這些話的同時——我好像想通了許多事情。

秋玻擔心這種關係總有一天會結束。

因為焦慮而變得積極。

然後今天在大馬路上，她也一臉殷切地默默看著我——

「想也知道，我不可能會跟其他女生……跟其他女生做那種事吧！」

「可是……不管怎麼樣，你跟春珂整晚都會有兩人獨處的時間不是嗎？在這種地方，眼前又有她，就算發生了什麼事也不會有人發現……就算事情真的變成那樣也一點都不奇怪。而且，就算那種事真的發生了……」

秋玻低著頭，聲音有些沙啞。

「……我可能也無法責備你們。」

「……妳到底在說什麼傻話……」

「因為，春珂她肯定……」

秋玻抬起頭，微微一笑。

「肯定是……」

那笑容——讓我很懷念。

其中蘊含著她在我們剛認識不久時便展現出來的那種姊姊替妹妹著想的慈愛。

「……不管要我說幾次都行。」

我緊緊握住秋玻的手。

「……那傢伙是我重要的朋友。我喜歡的人只有妳，這點我希望妳能相信。」

一個月前，我應該已經清楚告訴她這件事了。

春珂是我重要的朋友，但也只有這樣。

我喜歡的人只有秋玻。

然而，秋玻還是一直對此感到不安——

而且就算擔心的事情成真——她也覺得自己無法怨恨春珂與我。

——就在這時，我突然想起。

想起不知道是誰給我的那一吻。

「矢野同學——我喜歡你。」

還有這句話。

「……那就好。對不起。」

秋玻重新想了一下後，如此說道。

「我只是假設，萬一那種事情真的發生……」

「妳不需要道歉……」

「是嗎？謝謝你……」

……對話到此中斷。

就在這時，擺在桌上的智慧型手機震動了。

我對這道破壞氣氛的聲音感到不滿，斜眼看向手機螢幕。

然後，我看到螢幕上顯示——

通知：【修司】傳送了新訊息。

「……是修司！」

我從床上彈了起來。

「真……真的嗎……？」

秋玻也跟著跑向拿著手機的我。

雖然今天發生了許多事——我還是一直把這件事放在心上。

今天是修司向須藤告白後的第十天。

也是須藤——必須答覆修司的日子。

「上面寫著什麼……？」

「嗯，等我一下。」

我先用指紋認證功能解除螢幕鎖定。

焦急地輸入Line的解鎖密碼，同時如此想著。

一旦須藤與修司開始交往——肯定又會發生許多愉快的事情。

這樣我們就能四個人一起來場雙重約會。

要是把細野他們也加進來，六個人一起去約會，或許也是個好主意。

那將是不久前的我所無法想像的愉快生活。

而那種生活即將降臨在自己身上的預感——讓我不由得揚起嘴角。

然而——

看到顯示在螢幕上的文字——那種心情瞬間就消失了。

修司：『我被甩了。』

＊

6月17日（日）春珂

戀愛還真難呢。

真的很難嗎？

第九章 Chapter.9

危險的慾望

「……嗨。」

在清晨的公園裡，修司看到我們，便露出無力的微笑。

「謝謝你們願意在這種時間過來……」

修司用沙啞的聲音說道。

然而……看到他那種憔悴的模樣，我有一瞬間說不出話來。

「……不、不客氣，你不用道謝……你還好吧？」

他頭髮蓬鬆凌亂，臉色也很難看。

衣服滿是皺褶，雙眼無神，臉頰甚至有些凹陷。

看他的黑眼圈這麼嚴重，說不定一整晚都沒睡覺。

——修司不管在什麼時候，都會把自己打理得乾乾淨淨的。

不但受女生歡迎，也是男生打扮自己的參考對象，這傢伙竟然會以這副模樣出現在別人面前——

朝露閃閃發亮，公園裡充滿清淨的陽光。

修司身上散發出的沉重氣氛顯然與這裡格格不入，甚至給人只有他身旁的景色略為昏暗的感覺。

「……老實說，我可能不是很好。」

修司連假裝笑一下都沒有，如此說道。

「她真的只說了一句『對不起，我不能跟你交往』，連理由都不告訴我，也沒有多說什麼……」

「……怎、怎麼會這樣……」

我身旁的春珂快哭出來般皺著臉。

——結果在那之後……

接到修司報告的我們實在是提不起勁做「那種事」。

搭頭一班電車回到西荻窪車站後，我們便來到跟修司約好見面的這座公園。

聽到結果後，春珂便哭個不停，就連隱約預料到會是這種結果的秋玻也難過地緊咬下脣。

「……她到底為什麼會拒絕……」

這點我無論如何都想不通，讓我忍不住小聲說道。

「須藤明明已經明白修司的心意了……到底為什麼……」

——當然，戀愛這種事並沒有所謂的絕對。

不管我怎麼撮合，須藤與修司交往的可能性也不會變成百分之百。人的心意不會那麼容易就改變。

即使如此——不，正因為如此，我才會感到在意。

須藤在我面前露出了那樣的表情。

還問我：「要是我跟修司交往，你會做何感想？」我實在無法不去在意她不願接受修司心意的理由。

然而——

「……這點我倒是意外地能夠接受。」

修司如此說完——勉強對我們笑了笑。

「都已經讓你幫到這種地步了，結果還是不行。所以……其中肯定有無法撼動的理由，這是無可奈何的事。我想所謂的戀愛，肯定就是這麼一回事吧……」

「修司……」

「不過，也是……」

說完這句話後——修司深深低下頭。

瀏海遮住臉孔，把表情藏了起來。

然後他——

「也就是因為這樣……嗯……我才會這麼難受……」

用顫抖的聲音小聲地擠出這句話。

「老實說，我沒想過……會這麼……難受……」

我們已經認識一年多了，我還是頭一次看到修司這種模樣——

我感到一陣心痛，但現在的我什麼都做不到。

「……對不起，沒辦法幫上你的忙。」

我在修司旁邊坐下，對他如此說道。

「真的很抱歉……」

我把手擺在修司的肩上。

他不發一語，整個人大大地抖了一下——

*

「——來吃飯吧～我肚子餓了～～……」

「嗯，沒問題……」

春珂一手拎著便當盒走過來，我點頭表示贊同。

我借用主人已經不知去向的前面的桌子，把它轉過來跟我的桌子併在一起。

最近我每天都在這裡準備須藤與修司的位子，可是……

「……」

當我看向須藤時，她正拿著便當盒走出教室。

修司則是一個人開始吃起福利社賣的麵包——

「……今天也只有我們兩個啊。」

春珂說著寂寞地笑了笑。

「……好像是吧。」

我一邊回答一邊嘆了口氣。

——自從須藤做出答覆，已經過了兩個星期。

在公園裡跟修司聊過的那天以後……

我試著找須藤說了幾次話。

因為我很想知道她拒絕修司的理由。就算不談這個，我也不想因為修司的事情，導致我們之間的關係被破壞。

然而——

「——喂，須藤，我今天忘記帶便當了，要不要一起去福利——」

「——抱歉，我今天中午有事情。」

「——那個，放學後我想帶春珂去某間店，妳要不要——」

「——我今天要跟家人一起出門。」

「——早安。妳不覺得今天熱過頭了嗎？明明才六月耶。」

「……」

——她在躲我。

用不了多久，我就搞懂這件事情了。

自從修司被甩掉的那個星期天以後，須藤很明顯一直在躲避我們。

即使如此，我還是不死心地不斷接近須藤——

最後，她終於在昨天發了這樣的訊息給我。

須藤：『請不要管我。』

——我大受打擊。

那個須藤傳來這樣的訊息，實在令人大受打擊。

須藤是個不管對待任何人都一視同仁的女生。

就連討厭須藤的女生也不至於被惡言相向。

沒想到我竟然會被她這樣拒絕……

而且既然她都已經這麼說了——我也沒辦法再多做什麼。

誰要怎麼對待誰都是個人的自由。既然對方如此抗拒，那我也沒辦法管更多了。

正當我憂鬱地把筷子伸向便當時，從走廊傳來熟悉的聲音。

我把小香腸放進嘴裡，轉頭看向聲音傳來的地方。

「……咦？矢野……」

「……啊，是細野。」

「啊，時子也在耶……」

細野和柊同學看著我們。

他們肯定是正要去福利社吧。他們似乎很在意我們這邊的狀況，走進教室後便四處張望。

「……矢野，你最近沒跟修司他們一起吃飯嗎？」

「……嗯，是啊。」

「難不成……從修司被甩掉的那天以後就一直都是這樣？」

「嗯，一直都是這樣……」

——在此之前，這一直都是我們的底線。

就連修司還在等待答覆，他們兩人之間有些尷尬的時候，四個人一起吃午餐這個習慣也沒有改變。

雖然我得忙著圓場，在旁邊也看得提心吊膽，但這毫無疑問有維持住大家的關係。

可是，這兩個星期一直只有我們兩個人一起吃午餐。

而且我昨天終於被須藤拒絕了。

事已至此，我只能承認。

我們之間的關係——已經毀了。

再也不是「班上要好的四人組」了。

「……那還真是遺憾。」

「嗯……」

柊同學擔憂的話語讓春珂也難過地垂下眼。

真的很遺憾。

須藤與修司是很自然地接納了不再偽裝自己的我的重要朋友。

他們還能理解秋玻與春珂的雙重人格問題，把她們兩人都當成重要朋友……對我們的高中生活來說，他們是不可或缺的存在，可說是我們的死黨。

沒想到他們居然會以這種形式離我們遠去——

「……不過，時間或許會解決一切。」

說完，細野用鼻子哼了一聲。

「那個，如果有我幫得上忙的地方，你就儘管說吧。雖然我想應該沒有就是了。」

「嗯，謝謝……」

丟下這句話後，細野就帶著柊同學離開教室。

他這個人說話還是一樣有些不客氣。

我不禁懷疑他到底是不是真心想幫忙。

*

「……事情到底為什麼會變成這樣？」

在跟春珂一起放學回家的同時，我還是無法擺脫憂鬱的心情。

「如果我能做得更好一點，是不是就不會變成這樣了……」

我不知道自己有沒有犯下重大的過失。

可是——如果我能多聽聽須藤的想法……

如果我能讓她知道修司的魅力……

說不定修司現在就不會這麼痛苦，我們之間的距離也不會變得疏遠了……

然而——

「……這、這你就想太多了啦！」

春珂慌張地說道。

「這種事最後果然還是得看伊津佳和修司同學的心情啊！有些事情我們辦得到，有些事情我們辦不到……我不認為你有什麼做得不夠好的地方……」

「妳說得對……可是……可是我就是會感到遺憾。」

「……我想也是。唉～～～……」

說完，春珂垂下肩膀，深深地嘆了口氣。

「為什麼……會有這麼多煩惱呢？我真希望大家都能變得更幸福……」

「是啊……」

我點了點頭後，自然而然仰望天空。

因為愛上秋玻，我得到了幸福。

我覺得自己能喜歡上她真是太好了，所以如果事情順利進行，須藤與修司肯定也能感受到這樣的心情。

然而——這個願望沒有成真，反倒成了破壞以往關係的契機，讓我感到萬分遺憾。

「當然，我知道總是會有人受傷，也知道世事無法盡如人意……可是……那真的是非常重要的感情，所以……」

春珂看向腳下，也繼續說下去。

「我希望能有讓大家順利……讓大家都能得到幸福的方法……」

春珂說著這些話時的表情充滿苦楚。

那種沉痛的表情跟煩惱時的秋玻很像，我被奪去目光的同時，「……嗯，是啊。」呆愣地表示贊同。

「可是，如果說……」

然後——她抬頭看向我。

「如果說……大家不管怎麼做都無法得到幸福，無法每個人都得到幸福……」

「……嗯。」

然後，春珂微微一笑。

「——那我們到底該怎麼辦才好？」

這個問題——不知為何讓我心頭猛然一跳。

當我們自己遇到不得不做出抉擇的情況時……

面對好幾個同樣重要的選項，卻又無論如何都必須選擇其一時……

我們到底該怎麼做？

到底能做什麼？

而且春珂還是對我這麼問——

老實說，這不知為何讓我感到恐懼。

我們默默地走著，不知不覺來到水瀨家所在的公寓前面。

「……啊，好像要對調了。」

背對著玄關的春珂如此說道。

「你要跟秋玻說話對吧？等我一下喔……」

說完，春珂轉身背對我——過了十幾秒，現身的秋玻便重新轉過頭來。

「……啊，已經到家了嗎？」

然後，她露出察覺到異狀的表情。

「……矢野同學，怎麼了？」

「咦……妳為什麼這麼問？」

「我總覺得……你看起來沒什麼精神。」

……糟糕。

我又把想法顯露在表情上了。

「噢，這是因為……我剛才跟春珂聊了一下修司他們的事情。」

為了不讓她有奇怪的誤會，我慌慌張張地如此解釋。

「我說事情變成這樣……讓我覺得很遺憾。然後，我又想了許多事情，就覺得心情有些低落……」

「……噢，原來如此。」

秋玻也點了點頭表示理解。

「愛情真的是……很重要的東西，那種感情肯定與幸福有直接的關係……當我們面對那種問題時……到底該怎麼做才好？」

我也想聽聽秋玻的意見。

想知道我們今後到底該如何是好。
到底該怎麼做才能抵達快樂的結局。
——然而……
「……與幸福有直接的關係？」
眼前的秋玻——對我意想不到的地方展開追問。
「你說……愛情是與幸福有直接關係的東西？」
「……咦，是、是啊……」
不知為何，我覺得現場的氣氛突然開始改變了。
秋玻的表情看起來似乎有些生氣。被她的氣勢震懾，我說話結巴了起來。
可是，秋玻又向我靠近了一步。
「矢野同學，你覺得喜歡上一個人——是那種『美好的事情』嗎？」
「……呃，嗯，我是這麼想沒錯……」
「……」
我怯怯地點了點頭後，秋玻閉口不語，握緊拳頭。
她到底怎麼了……
秋玻為什麼會突然擺出這種態度……

我無法理解，不知所措。

然後，彷彿在忍耐著什麼，沉默不語的秋玻行動了。

「……過來一下。」

她下定決心如此說道，拉住我的襯衫衣襬就走。

「咦，等一下，妳要去哪裡啊……」

我就這樣被帶到公寓的庭院裡面。

她避開迴車道與大廳，走在牆壁之間的狹窄通道上。

然後——走到盡頭……

來到沒人會來的昏暗地方——

「……哇！」

秋玻把我按在牆壁上後，站在我面前。

然後，就在我還搞不懂發生什麼事的時候……

「……！」

她吻了我。

而且——不是不久前在教室裡做的那種輕吻。

而是嘴脣持續碰觸的長吻。

被突如其來的幸福感與混亂玩弄了十幾秒後——

「咦，等、等一下，妳是怎麼啦！」

嘴脣總算離開，我向秋玻如此問道。

「妳怎麼突然……嗯！」

可是——我接著說出的話語，也因為秋玻再次把嘴脣靠過來而被打斷。

秋玻頭髮的香味搔弄著鼻腔。

嘴脣表面不斷感受到幸福的柔嫩感觸與溼氣。

只不過，下一瞬間——

「……嗯！」

——有東西從嘴脣之間伸了進來。

滑溜的東西進到嘴裡——讓我忍不住叫出來。

既溫暖又柔軟的某種東西，在我口中生澀地滑行。

我發現——那是秋玻的舌頭，體內彷彿有一道電流穿過。

黏膜接觸帶給我無法抗拒的快感，在不知不覺中環抱住我的雙手也讓我感受到她的體溫。

我能清楚感受到性興奮。

可是——還不光是只有這樣。

秋玻也跟我一樣有「舌頭」。

這是理所當然的事情。

但這個理所當然的事實——卻不知為何讓我受到震撼。

我畏畏縮縮地做出回應後，發現秋玻的舌頭跟我的一樣濕滑，表面有些粗糙，而且溫暖。

而舌頭後方則是排列整齊的堅硬牙齒。

薄薄的雙唇。

構造與我類似的——秋玻身體。

甚至令人痛苦的亢奮感與讓人坐立不安的性興奮——還有虛幻的真實感。

以及某種不明所以……

而且來路不明的——恐懼。

我透過舌尖感受到了那種絕對無法改變的恐懼——

「……這樣你明白了嗎？」

秋玻總算移開嘴巴，一邊喘氣一邊這麼說道。

她雙眼濕潤，臉頰泛紅——嘴角還被不知道是誰的唾液沾濕。

「我的『喜歡』……既不純潔也不美好，而是會想做這種事情的『喜歡』。」

秋玻的低聲告白射穿了我的心。

她這些話語的意義刺穿了我天真夢幻的想法。

「我也是頭一次喜歡上別人，有了這種心情，為此感到困擾……應該說，我真的無法相信，自己竟然會想要跟男生做這種事情……我覺得這好像是一場夢……不敢相信自己真的會這樣……可是……這就是我的真心話。」

在說出「不光是接吻」的同時……

秋玻抓住我的右手。

然後——

「不光是接吻，我還想做更多這種事。包括更進一步的事情……」

她把我的右手拉向自己——使勁按在左胸的山丘上。

——在漫畫與小說裡，總是一直強調那東西有多麼「柔軟」。

每當我看到那種場景時，總會想像著那東西的實際感觸——

不過，我現在掌心裡實際感受到的，卻是覆蓋在那東西表面的堅硬胸罩。

接著是襯衫用的聚酯纖維布料的平滑感觸。

以及隔著細肩帶背心感受到的蕾絲圖案的感觸。

不過——當我在混亂的誘惑之下稍微使勁一抓後——

「……嗯……」

便越過那些複雜的感覺，感受到了確實的質量，以及魅惑的柔軟感觸。

——要是直接摸……

這樣的慾望閃過腦海。

發燙的腦袋讓思考變得模糊。

「如果父母今天不在家……我可能早就帶你進去了。」

稍微皺了皺眉後，仰望著我的秋玻這麼說道。

然後她——

「我們的戀情——就是這麼一回事。」

一臉痛苦地如此說道。

「如果不是對彼此懷有好感，如果不是互相容許對方，這只不過是暴力罷了。喜歡上一個人，就是這麼任性的一種心情……所以……」

「戀愛——絕對不是無條件的好事情。」

說完，她默默瞪著我的雙眼——然後緩緩遠離我。

又擦了一次嘴角後，她迅速整理好凌亂不堪的衣服。

「……我們走吧。」

她連看都不看我一眼，逕自走向公寓的入口。

望著她背影的同時，無處可去的慾望依然殘留在體內的我……

無論如何——都動彈不得。

*

星期天的黃昏時分。

事情已經全都一團亂了。

不知道該如何是好的我——來到了附近的書店。

只要隨便找本小說來看，心情或許就能稍微平靜下來。

說不定就能為亂成一團的思緒找出解決的破口。

我也知道這麼做就跟逃避差不多。

即使如此，當我身處在墨水與紙張的氣味之中，茫然面對著無數故事時，就會覺得好像稍微找回了自己。

正當我像這樣沒有找書，只站在書架前面晃來晃去時——

「——哎呀，這不是矢野同學嗎？」

從旁邊傳來耳熟的聲音。

「……啊，千代田老師。」

轉頭一看——眼前是看似國中生的嬌小身軀。

然而，那位女性的臉龐散發出確實的睿智，給人一種深不可測的感覺——

她正是我們班的班導——千代田百瀨老師。

「早安。」

「嗯，老師早……」

「真巧。你是來找小說的嗎？」

「……嗯，是這樣沒錯。」

我點了點頭，千代田老師也重新轉身面對書架，從並排的書背中抽出一本書。

她一邊翻頁一邊再次開口。

「……我看你好像相當煩惱的樣子。」

「……是啊。因為最近發生了太多事情……」

我覺得有些緊張。

這個人——表面上只是個能夠理解學生的好老師。

不但男生和女生都喜歡她，還擅長教書，而且擁有一些狂熱的粉絲。

然而，另一方面，她也是比我更早知道秋玻與春珂是雙重人格者的人。

在隱瞞這個祕密的同時，她還一邊與秋玻的父母和醫院保持聯絡，一邊觀察著我們的狀況。

我完全不曉得她到底知道多少事情。

也不曉得她到底在想些什麼。

我總覺得……這次的事情說不定也逃不過她的法眼。

結果如我所料——

「……嗯，你應該也很傷腦筋吧。」

老師參雜著苦笑這麼說，把小說擺回書架上。

「畢竟班上的氣氛都變了，秋玻同學與春珂同學也受到影響，有些情緒不穩。」

「……嗯，是啊。」

「沒想到會牽扯到這麼多事情。」

——牽扯到這麼多事情。

這人果然很清楚我目前的處境。

而且甚至——連我沒發現的事情都看透了，還在言談中透露這件事情。

……既然這樣，那她不要賣關子，直接告訴我不就得了嗎？

我現在是真的不知道該如何是好。如果是這樣，我想聽聽看千代田老師的想法。

也許是因為我把想法顯露在臉上——

「……我們要不要好好聊一次？」

千代田老師重新轉身面對我。

「你等一下有時間嗎？家裡已經準備好晚餐了嗎？」

「……嗯，我有空。家裡也應該還沒準備晚餐。」

「好，那就……」

千代田老師說著露出孩子般的微笑。

「跟老師一起去吃個飯吧。」

＊

「──學生跟老師像這樣一起跑來吃飯真的好嗎？」

「放心吧，為了不被投以奇怪的目光，我已經做好防範了。社團的顧問老師不是也會在重要比賽後請社員吃飯嗎？這就跟那個是一樣的。」

這裡是離車站幾分鐘路程的家庭餐廳。

老師一邊興奮地看著菜單一邊如此說道。

「如果是這間店，請客金額不會太高，應該不會有人抱怨，看起來也不像約會。」

「約會……」

「這種問題偶爾會發生喔。而且要是被人誤會，你應該也很困擾吧？」

千代田老師不懷好意地笑了出來。

「畢竟你才剛交到女朋友。」

「……這個倒是真的。」

隔著餐桌看著這樣的她，我真心覺得她像是跟我同輩的女生。

再加上那種平易近人的口氣，讓我有種彷彿在跟同班同學一起吃飯的錯覺。

然而——

「你現在的煩惱……是須藤同學那件事對吧？」

「……妳、妳說中了。」

「因為修司同學被甩，須藤同學也跟你保持距離……身邊人際關係變得一團亂。」

……我要撤回前言。

這個人果然絕對不是跟我同輩的女生。

在此之前，我明明不曾提起過這件事，秋玻、春珂、須藤與修司看起來也沒有去找她商量，但她竟然有辦法知道這麼多……

她的觀察力還是一樣驚人，讓我感到背脊有些發寒。

這麼說來……不久前好像也發生過這樣的事情。

當時我也是走投無路束手無策，結果遇到千代田老師，兩個人單獨聊了一下……

只不過，這點也確實讓我對她感到信賴。

既然她已經注意到這麼多了，那我無論如何都想聽聽看她的意見。

就在我們點的餐點送上來的時候，我試著向老師請教。

「……我真的搞不懂。」

「搞不懂什麼？」

「我什麼都搞不懂……我不懂須藤甩掉修司的原因，也不懂她為什麼要跟我保持距離。還有……我也搞不懂自己該怎麼做。」

「嗯……」

千代田老師用叉子捲起肉醬義大利麵放進嘴裡，一邊露出思考的表情。

「我真心以為須藤與修司會順利在一起……他們之間的關係與狀況是那麼好，讓我甚至覺得他們沒理由不順利。我實在想不到修司會被甩掉……而且我也不懂須藤為什麼要跟我保持距離……雖然我知道她會覺得尷尬，但應該不至於需要連我、秋玻和春珂都保持距離吧……」

「……廣尾同學被甩掉的理由啊。」

說完——千代田老師突然把叉子擺在桌上。

然後……

「……！」

用她小巧的雙手——把頭髮亂搔一通。

我不由得看傻了眼。

大人做出極為孩子氣的行動，感覺非常不搭調。

那種不可思議的行動——就跟我曾經在電視上看過的名偵探推理時的習慣一樣。

「……啊，抱歉。這是我想事情時的壞習慣……」

也許是注意到我的表情，千代田老師羞澀一笑。

「我很想改掉，但只要開始思考，就會反射性地這麼做……」

千代田老師邊說邊用手梳理頭髮。

亂七八糟的頭髮轉眼間就變回好看的鮑伯短髮。

然後，千代田老師用雙手扶著頭髮說：

「我好像隱約明白那個理由……」

「……這樣啊。」

「不過，我覺得由我來告訴你並沒有太大的意義，你必須自己找出來。」

「……唉……」

儘管我點了點頭，但其實聽不太懂。

這些話太過抽象，我找不到理解的線索。

「那孩子會跟你保持距離的理由也是一樣。我覺得比起搞懂她那麼做的理由，比起好好處理這件事，你該如何面對讓她想要那麼做的心情更為重要。」

「……感覺這很像是一個老師會說的話。」

「因為我就是老師啊。」

千代田老師說著笑了出來。

的確，如果不看她那還有些凌亂的頭髮——她的表情看起來就是個可靠的班導。

「……不過……」

我把披薩放進嘴裡後，繼續說下去。

也許是加了太多辣椒醬，超乎預料的辣度害我差點咳嗽。

「那就是最大的問題。」

「什麼意思？」

「就是……須藤現在完全……不理我了。」

我邊說邊想起她傳送給我的訊息。

須藤：『請不要管我。』

既然那傢伙都已經這麼說——那我也幾乎無計可施了。

現在的我完全無法有所作為。

「……哦～～這個嘛……」

當我回過神時——千代田老師已經吃完義大利麵了。

別看她長這樣，這人或許還挺會吃的……

「關於這個問題——你認識的人已經做出解答了。」

「……我認識的人？」

……老師說的到底是誰？

從對話的脈絡來看，應該不是須藤、修司、秋玻與春珂才對。

「所以，我覺得你最好去了解一下，那個人身上到底發生了什麼事，還有是懷著什麼樣的想法在行動……」

說完，千代田老師把手伸進擺在旁邊的包包。

然後在裡面翻找了一下。

「……這個給你。」

最後把一本書——遞到我面前。

「這是……」

那本書有些眼熟。

封面設計很樸素。

只有一張一臉厭世的男生站著的插圖，旁邊擺著小說的書名——

「……當然，我不會勉強你看。」

也許連我心中的動搖都看穿了，千代田老師看著我微微一笑。

「不過……」

說完，千代田老師稍微往前探出身體。

「我認為這本書……會為你帶來重大的影響。」

＊

回到家後，我回到自己的房間。

我做的第一件事——就是拿起智慧型手機，打電話給「水瀨」這個帳號。

我有些事情想問她們。

『——喂，找我有事嗎？』

從電話另一邊傳來的是——春珂的聲音。

「不，我只是……有事情想要請教。」

『有事情想要請教？』

「嗯，那個……春珂，妳讀過以柊同學為主角的小說……也就是從《十四歲》開始的系列作了嗎？」

『啊，嗯！我讀過！那部作品超級有趣的～～……雖然我很少看那種小說，但只要知道主角的範本是自己的熟人，就覺得有些興奮呢……我花了一個星期左右，就把三集全都看完了！』

「這樣啊……」

『可是，你為什麼問這個？』

「呃，那是因為……」

我邊說邊把手伸進書包。

接著拿出一本文庫本。

「千代田老師叫我讀這本書……還把書交給我。書名是《十五歲——Side A》。」

我再次看向封面。

上面是畫著一位厭世少年的插畫——

『啊……我記得那本書是以細野同學當主角……』

電話另一邊的春珂如此說道。

「果然……是這樣嗎？」

我隱約有猜到會是這樣。

插畫裡的少年有著瘦長的身體，以及亂翹的頭髮。無欲無求的表情也跟那傢伙一模一樣。

「內容大概是什麼感覺……？」

『我想想……起初以時子為範本寫成的《十四歲》有一本續集。』

春珂開始如此說明。

『《十四歲》是以從國二到國三時期的時子為範本，而《十五歲》則是描寫她升上高中，遇到細野同學後的故事。』

「嗯，嗯。」

『我非常喜歡那本書，那也是我在整個系列中最喜歡的一本書……而且那本書好像也很受歡迎。所以，那本書又接著出了外傳，那就是《十五歲──Side A》。這本書是最近才剛上市的……』

「內容跟《十五歲》差不多一樣嗎？」

『嗯。書裡發生的事情都一樣。可是，有別於《十五歲》，因為主角是以細野同學為範本的男生……晃，所以書裡描寫的是他的想法與煩惱。』

「……原來如此。」

這時我總算明白千代田老師的意圖。

也就是說──她是這麼說的。

矢野同學，你的煩惱細野同學也經歷過。

既然如此，那你何不去了解一下他的過去？

『這本書也非常有趣，我很推薦喔！』

春珂天真無邪地如此說道。

『我感動到差點哭了呢！』

「……是嗎？我想也是。」

說完，我深深地吐了口氣。

「看來我還是……應該讀讀看。」

『……你不太想看嗎？』

「……嗯。有一點。」

我曾經在國中時代讀過《十四歲》一次。

我當時看得很開心，對書中的「時子」也深感共鳴。

我很確定那是自己喜歡的作品。

可是——去年實際見到細野後，我發現自己實在跟他合不來。不知為何，只要跟他在一起，我就有種自己的生存之道遭到否定的感覺……

從那以後，我就無論如何都提不起勁去看續集。

『嗯～～這樣啊～～……』

春珂低聲呻吟。

『我是很推薦啦，但如果是這樣，就算你勉強自己去讀也沒意義……嗯～～……』

然後，她稍微沉默了一下。

『……啊！』

「嗯？怎麼了嗎？發生什麼事了？」

『我沒事。抱歉，對調的時間就快要到了！雖然電話才講到一半，可是——』

——說到這裡，春珂的聲音突然停了下來。

然後，我聽到一陣有人動來動去的聲音——

『……喂。』

秋玻的聲音從電話另一頭傳來。

「啊，喂，是我。」

『是矢野同學嗎……對不起，我打擾你跟春珂講電話了……』

「……沒關係，妳不用放在心上。」

沒錯，我原本就只想跟秋玻或春珂其中一方聊聊《十五歲——Side A》這本書。

而且我也有點想聽聽秋玻的聲音，現在這樣其實剛好。

然而——

『是嗎？那個……』

說完，秋玻不知為何有一段時間含糊其詞。

『……上次真是對不起。』

然後用非常小的聲音這麼說。

『就是……對你做出那麼粗魯的事情。』

「啊、噢！呃，妳、妳不用在意那件事啦……」

突然跑出這個話題，害我不由得狼狽起來。

我想起當時的感觸，心跳開始加速。

「因為我也……有些思慮不周的地方。」

『不，沒那種事……那個，我……好像還是感到有些焦急……』

「……這樣啊。」

『我無論如何都無法壓抑自己的心情。所以……』

說完，秋玻稍微沉默了一下。

然後用快哭出來的聲音——繼續說下去。

『……希望你不要討厭我……』

「……我不可能會討厭妳吧。」

我忍不住笑了出來，並且如此回答。

「我絕對不會因為那樣就討厭妳……」

『……真的嗎？你沒被嚇到？』

「其實我有點被嚇到……」

『果然是這樣……』

「可是那個……我並不覺得討厭，反倒是……老實說，我覺得很興奮……也不認為那是暴力，而且……」

說到這裡，我猶豫了一下。

「……我還想繼續做下去，也還想要下次再做……」

『……笨蛋。』

秋玻回話的聲音中，總算流露出一絲安心。

『矢野同學，你好下流……』

「妳說得對。真是抱歉……」

『變態變態變態……』

「妳也不用罵那麼多次吧～～……」

在如此閒聊的同時——我突然發現。

我的左手依然拿著《十五歲——Side A》這本書。

對這本書感到的不知名抗拒感——在不知不覺中減緩許多了。

……沒錯，就算細野這人真的否定了我的生存之道又如何？

現在的我——有秋玻與春珂。

我還有兩個發自內心喜歡我、需要我的人——

『……不過，這樣我就放心了。』

在電話的另一邊，秋玻深深地吐了口氣。

『矢野同學，謝謝你……』

聽到她這麼說——

「……我才要向妳道謝。」

我忍不住如此說道。

「託妳的福，我整理好心情了。謝謝妳……」

在那之後，我們又聊了幾分鐘，然後才掛斷電話。

把手機從耳邊拿開後——我再次感覺到自己的心情毫無疑問出現變化了。

秋玻的話讓我重新感受到自己現在的棲身之處，以及支撐著那個棲身之處的人們。

如果是現在的我……

應該就有辦法讀《十五歲——Side A》這本書了。

我想看看這本書。

把智慧型手機放到床上後，我拿起了擺在書桌上的那本書——

＊

——那個故事是從一位個性內向的少年——晃得到一本日記開始。

日記上記錄著某位少女稀鬆平常的每一天。

儘管覺得不該那麼做，他還是忍不住看了裡面的內容，為日記主人的感性所著迷，把日記當成是自己的孤獨生活的心靈支柱。可是——就在他成為高中生的那一天。

日記的主人出現在他面前了——

……這本「日記」肯定就是暗指現實中的《十四歲》這本書。

換句話說，應該就是那本以柊同學為主角的小說。

也許是因為還保有故事的體裁，雖然書中的設定與現實有些出入，但讀起來並不會讓人太過在意。

反倒是——老實說……

在讀到這裡的時候，我已經完全沉醉於故事的內容。

起初，我果然還是會覺得怪怪的。

像是懷疑：「這真的是發生在細野身上的事情嗎……」

或是懷疑：「那傢伙被人寫成故事都不覺得丟臉嗎……」之類。

不過，在《十四歲》裡已經很出色的柊TOKORO的文筆又更上一層樓，細膩地描寫出晃的心情，甚至讓人懷疑作者為什麼這麼懂男生的心情。

結果——我把自己完全代入晃這個角色了。

在把自己代入這位有些厭世的少年的同時，我繼續看了下去。

故事在兩人的心意複雜交錯的情況下進行。

他們曾經一度大幅拉近彼此的距離——差點就要向對方說出自己的愛意。

然而，晃感受到日記中的「時子」與現實中的「時子」之間的差別，在無法抹滅的不安的驅使下——兩人的關係出現了問題。

於是，他們開始跟彼此保持距離，一邊試著忘記對方一邊度日。

儘管對此感到遺憾——晃也無法採取行動。

「……唉……」

先不管各種現實問題——我還是一樣對晃這個角色感同身受。

沒錯，一旦陷入那種狀況，就沒辦法再多做什麼了。

一切都亂成一團，根本無從改變——一旦事情變成那樣就束手無策了。

那他們兩人的關係今後會變得如何呢？

難道說……他們會就這樣斷絕往來嗎？

光是想像那種悲慘的結局，我就感到一陣心痛。

不過，當我開始繼續看下去——

「……不會吧？」

卻看到晃在最後做出「令人意想不到的行動」。

看到他踏出出人意料的一步，讓我有種被人擺了一道的感覺。

然後——

「……原來如此。」

讀完整本書後，我總算明白千代田老師的意圖。

在彷彿被人揍了一拳般的餘韻中——我下定決心。

有件事情我無論如何都想確認。

我有問題想問那傢伙——

＊

放學後，我來到二年七班的教室。

總覺得這地方的氣氛，跟我平常待的二年四班教室不太一樣。

我跑向正準備回家的兩人——細野和柊同學，向他們搭話。

「——那個……細、細野！」

「……咦？矢野同學……？」

「喔，是你……找我有事嗎？」

我突然來訪，讓他們有些驚訝。
周圍的學生們也用狐疑的眼神，看向我這個突然跑來的別班學生。
雖然我差點就因此退縮，但還是再次開口說道。
「我有個問題無論如何都想問……想向你們確認。希望你們能陪我聊一下……」
「……原來如此。」
細野似乎從我的語氣察覺到了什麼。
用下巴指示教室的出口。
「總之……我們去其他地方聊吧。不管是咖啡廳還是回家路上，哪裡都好。」
「……嗯，謝謝你。」
我們這麼說著，並肩走出教室。

「……所以，到底是什麼事啊？」
「你想問什麼……？」
我們來到學校附近那間常來的咖啡廳。
在這間擺滿古董鐘的店裡，細野說話還是一樣不客氣，柊同學則是關心地這麼問。
如果要慢慢聊，這家店果然是最好的地方。

畢竟店裡沒有其他客人，不需要顧慮到任何人。

在對眼前這兩人感受到「前所未有的感慨」同時——我從口袋裡拿出文庫本。

「這本書我看完了——《十五歲——Side A》。」

——瞬間……

細野睜大了眼睛。

「你怎麼會……！」

「噢，你也看過了嗎……」

他們兩人的臉轉眼間就變得通紅。

「真的假的……傷腦筋……」

「抱、抱歉……你很討厭這樣嗎？」

把頭髮亂抓一通的細野令我感到不安，畏畏縮縮地如此問道。

「啊，不，那倒是無所謂啦……」

他還是沒有正眼看我。

「我只是……覺得難為情。沒想到你會看那本書……」

「啊啊，果然是這樣嗎……」

……這個根本想都不用想吧。

因為是把自己的戀愛與挫折清楚地寫成故事。
反倒是細野願意讓書出版令我感到意外。
「那個……我覺得書很好看。」
首先，我明白說出自己的感想。
「我非常能體會晃的心情……以小說來說，也純粹很有趣。所以……我有個問題想問。」
「嗯。」
「為什麼……晃有辦法踏出那一步呢？」
聽到這個問題——尷尬的表情就從細野臉上消失了。
細野用認真的眼神看著我。
「不但像那樣跟時子變得疏遠，而且又一籌莫展，但是……晃還是踏出那一步了吧？雖然這確實是因為晃知道時子的心意……但他自己的問題並沒有解決。然而，他為什麼……還有辦法去找時子呢？」
當我問完的時候——寂靜籠罩著這張桌子。
強風不時從窗外吹過，讓玻璃咯咯作響。
——在故事的最後……

無計可施的晃最後又重讀一次時子的日記，明白了她的心情。

那就是時子愛上晃了。

明白她儘管笨手笨腳，也一直在對自己發動攻勢。

結果——雖然晃又再次跑去見時子了，但我不是很懂。

雖然他確實有注意到時子的心意，但他們應該依然處於無計可施的狀態。

那晃為什麼會決定去見時子？

他怎麼能在問題尚未解決的情況下，想要往前邁進呢？

「……矢野……」

在回答問題之前，細野如此問道。

「你是怎麼想的？」

「……我怎麼想？」

「你現在……也不知道該如何是好不是嗎？眼前有個問題，但你卻不知道自己該怎麼做，也不知道自己能做什麼。雖然想盡力解決，卻不曉得該從何處下手。我想……八成是須藤那件事對吧？」

「嗯，你猜對了……」

「矢野，你想要怎麼做？」

——你想要怎麼做？

被他這麼一問——我才發現自己不曾好好想過這個問題。

我覺得很遺憾。

我也感到難過。

然後——我還想過自己「該做什麼」。

滿腦子都在想自己「可以做什麼」，以及「不可以做什麼」。

那麼，我——到底「想做什麼」呢？

「……我想要跟以前一樣，與大家和樂融洽。」

答案很快就出來了。

「跟那些傢伙混在一起，讓我非常開心。因為他們願意接納我，也很重視秋玻與春珂……所以——」

我再次——清楚說出心中的願望。

「我想要再次——跟須藤與修司一起度過每一天。」

「……是嗎？」

說完，細野微微一笑。

「嗯，該怎麼說呢……其實我也只是順從這樣的心願去做罷了。雖然當時已經無力回天……但我還是……想見到柊。」

細野的臉再次紅了起來。

他身旁的柊同學也一臉害羞，但看起來非常幸福。

「我不想放棄那種心情……就算會因此受傷，或是會因此傷害別人……我都不願意放棄。」

「原來如此……」

「真的就只有這樣了。雖然有許多問題阻礙著我們……但我想見她的心情凌駕在這一切之上。就是這麼簡單。」

「……原來是這樣啊。」

我好像——有些明白晃的心情了。

在那種真的無能為力的情況下……

在那種一切事情都亂成一團，不知道該何去何從的時候……

最後能夠指引自己前進的——肯定只有自己的心願。

「而且，該怎麼說呢……」

儘管稍微猶豫了一下，細野還是繼續說下去。

「如果是連像你這種個性認真的傢伙……都無法放下的心願，就算順著這個心願去做，應該也不會造成不好的結果……不，不對。雖然有可能造成不好的結果……但應該總比什麼都不做要好。」

「……真想不到。」

這些話──令我頗為意外。

我一直覺得自己跟他合不來，也一直覺得這人很難相處。

可是……說不定──

說不定這傢伙……

「……細野……」

我幾乎是想都沒想就說出這些話。

「原來你其實……是個好人嘛。」

「……啥？」

細野瞪大雙眼，整個人都愣住了。

「老實說，我一直搞不懂你，也覺得你有些冷漠……想不到你原來是個好人。」

「咦，你……你到底在說什麼啊……」

細野顯然開始慌張了。

視線到處亂飄，還開始尷尬地搔著頭髮。

然後——

「……呵、呵呵……啊哈哈哈哈！」

——柊同學笑了出來。

那笑聲相當輕快，遠比我過去對她的印象還要開朗。

「細、細野同學……你看起來好像可疑人物喔……呵呵呵……啊哈哈哈！」

「喂，柊……妳是怎樣！笑得太過火了吧！」

「可、可是，我看你那麼慌張的樣子……真的很好笑嘛！呵呵呵呵呵……」

「……哈哈哈哈！」

在跟著笑出來的同時——我注意到了。

或許我其實是羨慕他。

細野擁有跟我同樣的感性，以及同樣的性格——

但他跟我不一樣，能夠忠實於自己的願望。

「……是怎樣，你們兩個好過分……」

細野一臉不滿地這麼說。

柊同學又對這樣的細野笑了笑。

「那個……矢野同學……」

並且抱著肚子，一邊擦淚一邊轉頭看向我。

然後──

「我想，細野同學八成──是想跟你做朋友吧。」

「──咦……？」

「喂！柊……！」

「我說啊，因為自從我們應伊津佳的邀請，跟你見過一次面之後，他就不時會提到你的事情……他好像一直挺在意你呢……」

「喂，柊……妳別用那種說法啦！」

「那個，雖然細野同學不是那種會想要交朋友的人……但他應該是覺得自己可能跟你合得來吧。雖然我們初次見面時，你給人的感覺跟現在相差許多……不過，他還是隱約有那種感覺。然後，上次去伊津佳家裡玩的時候……他應該就發現你們兩個果然是同類了吧。」

「……原來是這樣啊。」

……這段令人意想不到的分析，讓我忍不住看向細野。

細野滿臉通紅，不敢正眼看我。

「我確實也喜歡看小說……也覺得可能跟他意氣相投，可是……」

「所以，那個啊……」

說完——柊同學微微一笑。

然後輪流看向我和細野——

「矢野同學……可以請你當細野同學的朋友嗎？」

「……那個，柊……」

細野無法掩飾自己漲紅的臉。

只能緊咬著脣。

「妳別擅自想像我的心情亂說一通啦……」

「咦……我有說錯嗎？」

「……」

細野沉默不語。

然後，他又一次深深地吐了口氣。

接著把染上一層緋紅的臉轉了過來——向我如此問道。

「總之——矢野，你喜歡看哪種小說……？」

＊

7月3日（二）春珂

我在想，自己到底能夠冀求到什麼地步。

我能夠冀求什麼？又能夠冀求到什麼地步呢？

我不用隱瞞自己的存在了。

而且大家還接納了我。

我已經得到許多東西了。

可是，再來我就不知道了。

我可以冀求得到更多嗎？

我可以更任性一點嗎？

如果可以……

我有件無論如何都想做的事情。

第十章

Chapter.10

The Show Must Go On

Bizarre Love Triangle

——七月的午後陽光，蘊含著彷彿伴隨質量的熱度。

雖然教室裡的空調已經全力運轉，把氣溫調整到二十六度左右——但從窗外射入的凶猛陽光，還是讓我的背部滲出汗水。

只不過——

放學後的班會宣告結束，離開座位邁出腳步的我如此想著。

只不過，我會流這麼多汗，應該不只是因為天氣炎熱……

「——回家吧～～！」

「——要順便去一趟便利商店嗎？」

「——今天有社團活動嗎？」

「——糟糕，下星期有重要比賽！」

我從一邊閒聊一邊離開教室的同班同學之間走過——往她的座位前進。

每前進一步，心跳就緩緩加速。

我輕輕咬住快要微微顫抖的嘴脣。

我還沒決定要說什麼。

可是，我覺得只要能把自己的心願告訴她就夠了。

「……須藤。」

聽到我的呼喚，正把東西收進書包的須藤肩膀抖了一下。

然後轉頭看了過來。

「我有話想跟妳說。」

我看著她的眼睛，清楚明白地如此說道。

可是，她馬上就把視線移回書包。

「……抱歉，請你不要管我。」

然後用我從未聽過的平靜聲音，簡短地這麼說。

——換作是以前的我，應該會就此放棄吧。

既然須藤都已經這麼說了……

既然她本人並不希望……

那我覺得自己就不能過度干涉。

然而——

「我不想把問題放著不管。」

——我今天又再往前踏出了一步。

「所以，我有話要問妳，也有話想對妳說。」

往旁邊斜眼一看——坐在自己座位上的春珂正緊張地看著這裡。

修司似乎也注意到有事情發生，停下收拾東西的手，偷偷觀察這邊的情況。

「……抱歉，我要走了。」

可是，須藤說了這句話後，就揹起書包站了起來。

「算我求你，拜託別管我。」

「至少告訴我妳在想什麼吧。」

無視於這句話，須藤邁開腳步。

不過，我追了過去，繼續說了下去。

「妳跟修司……都是願意接納真正的我的重要朋友。所以，我不想用這種方式結束我們的關係。妳至少要讓我能夠接受。」

班上同學們似乎也注意到我們身上發生了什麼事。

有些人一臉狐疑，有些人露出像是看到八卦新聞般的表情看著這裡。

雖然覺得難為情……但這個我早就有心理準備了。

不管別人會怎麼想——我都無所謂。

「我討厭……現在這樣。」

須藤的腳步變快了。

我也配合她加大步伐。

然後——

「須藤，我很感謝妳。所以我今後——也想跟妳在一起。」

——我說出了這句話。

須藤突然——停下腳步。

然後把頭轉了過來，那雙大眼睛裡積滿淚水——

「……你……」

「……嗯？」

「——你這笨蛋！」

——她大聲叫了出來。

意想不到的這句話——讓我受到了打擊。

——正在全速運轉的腦袋停了下來，只留下幾乎要融化腦袋的餘溫。

然後，須藤——像是腳上裝了彈簧般衝了出去。

從動彈不得的我面前逃走。

——過了幾秒之後……

當須藤衝出教室時，我才總算回過神來。

「……喂、喂！」

我連忙追了上去。

當我衝出教室，看向須藤跑走的方向時——那背影已經跑到我追不到的地方了。她已經衝過了好幾間教室。

——我沒想到她會排斥我到這種地步。

沒想到她不惜像這樣逃跑，也要拒絕跟我說話。

有一瞬間——我在考慮自己該不該追上去。

——那樣太自私了。

——也許人家有什麼苦衷。

腦海中馬上就浮現出——無數個「不該那麼做的理由」。

——或許我的做法有問題不是嗎？

——要是繼續糾纏人家，是不是太過任性了？

——我是不是不該繼續這麼做了？

那種想法已經變成我的習慣。
滿溢而出的思緒束縛住我的身體。
然而——我想起細野所說的話。

「——矢野，你想要怎麼做？」

我自己……到底想怎麼做呢？
我按住心臟猛烈跳動的胸口——大大地深呼吸。
……嗯。
沒問題，我的想法沒有改變。
既然這樣，那答案就只有一個了。

我想要——犯錯。
想要為了顧及自己的心情犯錯。

再次吸了口氣後——我拔腿就跑。

須藤跑去的地方是教室大樓的東側。

她肯定是想要直接從校舍玄關離開學校，將我澈底甩掉——

我拚命移動雙腳，試著追上她的背影。

穿過那些正要放學回家的學生，在走廊上奔跑。

不過——距離已經被拉開不少了。

而且擅長運動的須藤跑得很快。

再這樣下去——顯然會被她逃掉。

就在這時——

「——矢野！」

——有人從背後叫了我的名字。

「發生什麼事了！」

我回頭一看——

細野晃就站在自己教室前面看著這裡。

他應該是看到我在走廊上奔跑，才會衝出來看看情況吧。

「被須藤逃掉了……」

「原來如此……」

光是聽到這樣，細野似乎就搞懂狀況了。

「總之，你繼續追她吧！我也會去找看看她有可能去的地方！」

「我明白了。謝謝你！」

互相點頭示意後，我再次拔腿就跑。

我衝過走廊，跑下樓梯。

須藤的背影已經看不見了。

即使如此，我還是試著預判她的想法，設想她可能的逃亡路線，盡可能以最快速度追逐那道看不見的身影。

我來到了一樓。

雖然我衝向我們教室二年四班使用的鞋櫃——卻找不到須藤。

在場學生們的視線全都集中在大口喘氣的我身上。

這裡只有幾位看似準備回家的男生，以及一群穿著隊服的壘球社女生。

靈光一現的我查看了一下——發現須藤的鞋櫃裡已經擺著校內穿的拖鞋了……裡面沒有皮鞋。

「可惡……！」

看來她已經跑出校舍了。

我也脫下拖鞋，往自己的鞋櫃裡一扔，接著拿出皮鞋。

事已至此——就只能在這附近到處找找看了。

然而——

「……嗯？」

我口袋裡的手機震動了。

螢幕上顯示的訊息是——

通知：【細野】傳送了新訊息。

用指紋認證功能解除螢幕鎖定後，我輸入密碼，顯示Line裡的訊息。

上面寫著——

細野：『我抓到須藤了。』

就只有這麼短短一行字。

「——嗨。」

＊

「……」

我照著細野訊息中的指示，前往與學生專用玄關方向相反，位於校舍另一側的教職員專用玄關。

「……嗯，感謝你。」

也許是因為他們剛才都全速奔跑吧。

我看到頭髮亂成一團、渾身是汗的細野，以及汗水流得更多的須藤。

「原來她跑到……這裡了。話說，細野，你怎麼知道須藤會跑來這裡啊？」

「因為這傢伙從以前就不時會偷偷從這個玄關放學回家。這邊不是離便利商店很近嗎？每當想要順便去一趟便利商店時，她就會瞞著老師從這裡溜出去。」

「……竟然還有這種事。」

「我覺得要在被人追趕的情況下成功逃回家裡，應該會是件很辛苦的事情……既然這樣，那我猜她很有可能先躲在這裡等你離開，然後再自己一個人回家。」

「原來如此……真不愧是青梅竹馬。」

不愧是一起相處了十年的朋友。

我根本不曉得須藤還有那種習慣，就算知道了，我應該也沒辦法及時發現她會在這種情況下走這條路吧。

對於他們兩人累積起來的深厚交情，我發自內心感到佩服。

「還有……怪不得你玩賽車遊戲那麼厲害。」

「跟那個沒關係吧。」

說完，細野微微一笑。

然後，他看向一臉痛苦地低著頭的須藤。

「……喂，矢野做到這種地步，不是很難得的事情嗎？」

須藤緊咬著脣，不發一語。

「我猜妳應該有妳的苦衷。我也知道妳不是那種會隨隨便便就不理別人的傢伙。可是，正是因為這樣——」

細野從正面與須藤四目相對。

然後，溫和地對她微微一笑。

「——妳才更應該回應那傢伙的心意不是嗎？」

＊

——狹窄的社辦裡滿是灰塵味，還充滿著悶悶的熱氣。

雖然教室大樓裡的每間教室都有安裝空調，但社辦大樓並沒有。

雖然我已經打開外型充滿昭和感的電風扇，但我總覺得吹出來的微風反倒助長了這種悶熱感。

書架上依然擺著看似隨時都會掉出來的書與寫真雜誌。

櫃子上擺著蘇聯還存在的地球儀，以及貼有小灰人貼紙的收錄音機。

在這個狹窄的空間裡，現在就只有我、春珂——與須藤這三個人。

仔細想想，除了我們和千代田老師以外的人來到這裡，這說不定還是頭一次。

雖然我也有問細野要不要一起來，但他只留下「不，不用了。之後再告訴我結果吧。」這句話，就跟柊同學一起先回家了。

「……抱歉，我對妳做了相當粗魯的事情。」

在舊型椅子上坐下來後，我先向她道歉。

「兩個男生追著妳跑，應該也稍微嚇到妳了吧……可是，我……想跟你們重修舊好。因為跟春珂她們、修司，還有妳混在一起……讓我感到非常開心。」

往旁邊一看——春珂正靜靜注視著須藤。

既像是在設法看穿她心中的想法。

也像是在試著體會她的心情。

「所以，我討厭這種大家漸行漸遠的感覺。可以的話，我想繼續像以前那樣四個人混在一起……就算這個願望無法實現，我也想要知道事情變成這樣的理由。如果有我力所能及的事情，我想要出一份力量。」

聽到這句話，她——須藤無視於依然凌亂的頭髮，以及因為被汗水沾濕而緊貼著身體的制服，一直低頭不語。

不過，我還是這樣向她哀求。

「所以，拜託妳……告訴我們吧。不管是妳現在的想法，還是過去的想法，我都想要知道。如果妳連這個都不肯答應……我就會乖乖放棄。」

的確——我有我的願望。

可是，這點須藤或許也是一樣。

或許就是因為她也有她的願望——才會跟我們保持距離。

如果是這樣，我就不能加以否定了吧。

這點我們也必須做好心理準備。

「所以，這是我最後的心願了。」

然後，我再次深深吸了一口氣——說出自己的想法。

「須藤，把妳的想法……告訴我們吧。」

須藤低頭看向桌子，沉默不語。

強風把窗外的行道樹吹得晃來晃去，雲也飛快地飄往東方。

然後——在很長一陣沉默之後……

「……我想回應那些期望。」

——須藤突然小聲地這麼說。

「我想要回應大家的期望。」

「……期望？」

意想不到的話語，讓我忍不住又覆誦了一遍。

須藤縮起她嬌小的身軀，用嘶啞的聲音繼續說了下去。

「修司說……他喜歡我。他明明是個好人，又很受女生歡迎，卻喜歡上我……不光是這樣，大家也都勸我跟他交往。而且不是那種隨便說說的建議，而是真心為我著想才這麼說……」

「……嗯。」

我確實是在認真思考後才得到答案。

我說我是出於自己的意志，把修司推薦給須藤。

因為我相信這肯定能讓他們兩人得到幸福，所以才會不惜為此付出努力。

「所以……可以的話，我想要回應大家的期待。老實說……我心中隱約有種預感，可是，我也能理解大家所說的話。如果我身處在你們的立場，說不定會更努力地撮合我們……」

「確實是這樣沒錯。」

她在這種狀況下還能認清自己，讓我有些想笑。

當須藤知道我喜歡秋玻時，也是莫名熱心地把我們帶去台場。此外，據說在細野與柊同學交往之前，須藤也在後面推了好幾把。

所以，這是她——頭一次處於相反的立場。

「可是……起初我完全無法思考自己是不是該認真與修司交往……」

須藤低下頭，用因為濕掉而纏在一起的頭髮遮住自己的表情。

「剛開始，我總覺得非常難為情……不敢看他的臉，光是待在他身旁就會小鹿亂撞，只能一直逃跑……在那之後，對於他喜歡我這件事也還是毫無真實感……」

「……嗯。」

「可是，因為大家出手幫忙，這些問題都被解決掉了……一起玩遊戲以後，我就變得能像以前一樣跟他說話。因為你讓我聽到那傢伙所說的話，我也變得能夠實際感受到他的心意……」

「……是啊。」

對此我確實感到自負。

在走到這一步之前，須藤與修司之間有著好幾道阻礙。

為了跨越那些阻礙，我想要盡量幫助他們，而我應該也真的成功做到了。

「對此我真的很感謝你。如果可以報答你，那我很想那麼做。我是這麼想的。正因為如此——我才會澈底明白。」

然而——須藤痛苦地皺起臉。

聲音又一次猛烈顫抖——

「原來我……並沒有……喜歡上那傢伙……」

——然後開始從眼眶流下大顆的淚珠。

「而且……未來也肯定不會喜歡上他！」

「須、須藤……」

在此之前，我也看須藤哭過不少次。

可是——這次有些不同。

在此之前，她都是為了別人流淚。

現在的須藤卻是因為對自己感到失望、憤怒與悲傷而流淚——

一旁的春珂——像是自己的告白被拒絕一樣，一臉難過地緊咬著脣。

「這、這讓我覺得很難過……只因為無法喜歡上他這種理由……就白費掉大家的好意與努力……而且還沒能回應那種好人的心意……這讓我覺得自己不行了。我沒有資格面對大家……我……」

深深吐了口氣後，須藤說出了詛咒般的話語。

彷彿要故意傷害自己一樣，繼續說了下去。

「我……討厭沒辦法回應大家期望的自己……」

「妳……妳不要說那種話啦……！」

在此之前一直保持沉默的春珂──忍不住叫了出來。

「妳又沒有做錯什麼！可是，妳卻說什麼討厭自己……！」

然後──聽到這些話……

聽到她說的話──我受到了極大的震撼。

罪惡感湧上心頭。

明白自己先前的所做所為的意義，讓我的雙手開始發抖。

「……抱歉。」

「……咦？」

「這樣啊，須藤……我沒想到妳是那麼想的……真的很抱歉。」

「……為、為什麼？」

須藤一臉茫然地歪著頭。

「為什麼……你要向我道歉？」

「……因為──」

我邊說邊懊悔地皺起臉。

「因為是我們逼妳跟修司交往的吧？我沒想到居然會把妳逼到這種地步……」

我不想要跟須藤與修司變得疏遠。

我們四人的關係遭到破壞，令我感到非常遺憾。

我會有這些想法——全是因為須藤之前一直在回應我的期望。

全是因為須藤一直在扮演我們期望的她，也就是那個開朗樂天的「須藤伊津佳」。

——我曾經說過不想偽裝自己這種話。

擅自扮演起角色，又因為自己心情改變而撒手不幹。

可是實際上——我自己是不是因為別人扮演的「角色」而得到了救贖呢？

這種毫無自覺的自私行為，可惡到連我自己都快要昏倒。

無法辯駁的羞愧讓我全身發燙。

然而——

「……你錯了。」

須藤靜靜地這麼說，對我微微一笑。

「我是出於自己的意志，才會想要回應大家的期望。不是因為你。」

「……到底為什麼？」

我幾乎是想也不想就說出了這些話。

「最重要的……不是自己的想法嗎？偽裝自己的真正想法，勉強自己做不喜歡的事情，誰也無法得到幸福不是嗎？」

自從認識秋玻與春珂後，我學到了這件事情。

習慣偽裝自己的我不再那麼做了。

春珂也決定不再隱瞞自己的存在。

不光是這樣——細野教會我的事情也是如此。

當人在進退維谷的時候，肯定只有「自己的心願」能夠打破困境。

正因如此，我——才能像這樣再次跟須藤說話。

既然如此，那最重要的就是順從自己的想法。

就是不去偽裝自己不是嗎？

「……那確實是很重要。」

須藤深深吐了口氣，同時點點頭。

「自己的心意確實很重要。所以，我最後……還是甩了修司。」

「我就說吧……」

「可是……」

說完，須藤總算看向我——

「大家所看到的我，也是真正的我。」

聽到這句話——我一句話都說不出來。

貫穿脊椎的電流讓我動彈不得。

「的確，我自己眼中的我也很重要……可是，我……也喜歡大家眼中的我，以及大家發現到的我。我不但軟弱，而且毫無可取之處，但大家找出了我的優點……我能夠成長為今天的我，肯定……是大家的功勞，我想好好珍惜大家眼中的我。所以——」

須藤皺起臉。

她難過地笑著，對我說：

「這個無法回應大家期望的自己……我實在喜歡不了……」

須藤如此斷言。

社辦裡的聲音都消失了。

從校舍某個地方傳來某人的笑聲，從校園的某個地方發出的老師怒吼聲響徹雲霄。

然後——

「……真厲害。」

當我回過神時，這句話已經脫口而出。

「……須藤，妳真厲害。」

須藤似乎無法理解我說的話，皺起眉頭靜靜注視著我。

可是——這是我毫無虛假的真心話。

對於須藤的想法——我現在甚至覺得感動。

那種貫穿背脊的酥麻感，讓我幾乎要流下眼淚。

「我完全沒想過……還有那種想法。連別人眼中的自己都喜歡是嗎……要是能夠這樣想也不錯呢。」

以我的情況來說，應該是契機太糟糕了吧。

我討厭扮演角色這種事。

即使如此，我還是在逼不得已的情況下偽裝自己——結果大獲成功。

所以，我才沒辦法那麼想。

可是——須藤卻有辦法珍惜因此誕生的自己。

自然能夠尊重那樣的「自己」。

「所以……我覺得那很厲害。真心覺得妳是值得尊敬的傢伙。」

「……真佩服妳。」

仔細一看——一旁的春珂正一臉茫然地看著須藤。

或許她也跟我一樣……對須藤的想法感到震撼。

「所以——」

說完——我回到正題。

「嗯，須藤……我想尊重這樣的妳。如果妳現在覺得自己背叛了大家，不想見到任何人……我不會阻止妳。可是，就算這樣——我還是希望妳能得到幸福。」

——聽到我這麼說，須藤再次皺起臉。

她緊咬著脣，眉頭深鎖，眼眶再次開始累積淚水。

「我以後也想繼續跟為此煩惱，想要回應眾人期望的妳在一起。就連我這樣的願望……也算是妳口中的『別人所期望的我』對吧？」

面對這個問題——須藤低頭想了一下。

「……歪理。」

然後簡短地這麼說，重新抬起頭。

「你那根本就是硬要曲解我說的話的歪理……」

「確實是這樣沒錯……不過，我是真心的。」

「……真有你的風格。」

說完──須藤微微一笑。

揹起書包，從椅子上站了起來。

然後，她又深深地吐了口氣──

「……我會努力看看的。」

她瞇細雙眼，對我們如此宣言。

「我很清楚你想說的話了……為了能夠再次像以前那樣跟大家在一起……我會努力看看。」

「……須藤……」

「雖然剛開始時可能不會順利……但如果你能像之前那樣幫助我，我會很開心。」

「……我明白了。」

我對須藤深深地點點頭。

「今後細野應該也會出手幫忙吧。肯定會順利的。」

「……謝謝你。」

說完，須藤對著我和春珂輕輕揮手。

「那──明天見。」

帶著笑容離開社辦。

「矢野——謝謝你。」

第十一章
Chapter.11

連受傷的權利都沒有

Bizarre Love Triangle

三角的距離無限趨近零

——離開矢野他們所在的社辦後，我走向教室。

因為剛才大哭一場，臉上的妝都花了，要是就這樣回家，只會讓父母擔心。

至少得等到眼睛不腫了才能回家……

真不希望……教室裡有人。

我不想讓班上同學看到這張臉。

就時間上來說，放學後的班會已經結束一段時間了，可是……我不確定是不是還有人在……

……話雖如此，但我也沒其他地方能去了。

死心之後，我來到二年七班的教室，戰戰兢兢地開門。

——令人意外的是，教室裡連一個學生都沒有。

但取而代之的是——

「……哎呀，須藤同學。」

千代田老師正站在窗邊望著外面。

「啊，老師好……」

或許無法完全瞞過老師。

儘管如此，我還是用手擦了擦眼角，假裝是回來拿忘記的東西，走向自己的座位。

然而——

「……妳真厲害。」

站在窗邊的千代田老師對我這麼說。

「須藤同學，我覺得妳做得很好了。」

聽到這句話……我心頭一驚。

……為什麼老師會知道？

我以前明明沒對老師說過戀愛方面的事情，也沒找她商量過……

不過……這位老師從以前就不時展現出驚人的洞察力。

所以，或許她早就看穿這次事件的一切……而我對此並沒有感到畏懼與不舒服。

情況正好相反。

有個能夠理解自己的人，讓我不知為何有種得到救贖的感覺。

「……謝謝老師。」

我老實地這麼說後，千代田老師一臉困擾地笑了。

「須藤同學……妳這人總是在做吃力不討好的事情呢。」

「……就是說啊～～」

我邊說邊在自己的位子坐下。

「真不知道是對手不好，還是時間點不好……」

「是啊……」

「也許是錯在我不太常表現出那種態度吧。」

「這不也是因為他所期望的妳，讓妳很難表現出那種態度嗎？」

「是啊。因為我只是個很好說話的朋友嘛。」

點了點頭後，我稍微笑出來了。

「不過，其實我有想過要不要踏出那一步。」

「……是啊，妳明明可以踏出那一步。」

說完，老師轉頭看了過來，疑惑地歪著頭。

「把至今為止壓抑的情感完全解放，把自己在別人心目中的定位拋到腦後，把自己的心意告訴他，不也是件好事嗎？」

——果然……

老師果然連那件事都注意到了。

她注意到我一直藏在心裡，結果還是說不出口的心意。

然而——

「……沒關係。」

說完，我對老師露出逞強的笑容。

「因為我知道自己贏不了。我知道那傢伙心中已經有個女主角，完全沒把我當成戀愛的對象。而且……」

我繼續說下去。

「我喜歡這麼做的自己。矢野……那傢伙也說他覺得這樣的我很厲害。」

「……是嗎？」

老師點了點頭後，瞇起細長的眼睛。

「我也……喜歡那樣。因為戀愛這回事，肯定是結束的時候最重要。」

「……老師……」

……我稍微猶豫了一下。

結果還是鼓起勇氣向老師問道。

「妳有喜歡的人嗎？」

「當然有。」

——我沒想到她會馬上回答，嚇了一跳。

我畏畏縮縮地繼續問了。

「對方是……那個傳聞中的男朋友嗎？」

「嗯。」

老師一臉理所當然地點了點頭。

可是……這讓我很清楚地感覺到了。

她現在並不是以老師的身分……而是以戀愛過來人的身分跟我說話。

「……妳跟他是怎麼開始交往的？」

「那已經是很久以前的事情了……」

說完——老師瞇起她細長的雙眼，並且看向窗外。

眺望著遙遠的北方天空。

「我是在剛進高中時認識他的……我很快就喜歡上他了。那是我的初戀……然後就一直喜歡到現在。」

「那……老師妳當時是不是很努力地在追他？」

「嗯。因為想跟他在一起，我硬是加入了他參加的社團，還找了各種理由整天黏著他……」

「……看到現在的老師，我無法想像妳會做那種事。」

「會嗎？」

說完——千代田老師轉頭看過來。

那副模樣就跟平常那位「身材嬌小的神祕大姊姊」一樣。

可是，我卻覺得自己彷彿能隱約看見她高中時代的身影。

如果我們年紀相同，就讀同一班，我們應該會變成朋友吧……

「從我們第一次開始交往也已經過了十幾年……這中間發生了許多事。我們好幾次分手，又好幾次重新交往，也曾經因為他搬家或是因為我就業而分隔兩地……」

「但你們跨越了那些難關……聽說你們要結婚了，這是真的嗎？」

「其實我們已經公證結婚了。如果舉辦結婚典禮，就會向大家報告了。」

「這樣啊……」

千代田老師成就了自己的初戀，跟高中時代的戀人結婚了。

這讓我羨慕到快要哭出來了。

「……老師，恭喜妳。」

「嗯，謝謝妳。」

「……我也要加油才行。」

不可思議的是，我確實從中得到了勇氣。

——就是在這種時候……

每當我遇到難過的事情時，就會想起「自己名字的由來」。

從今以後，這孩子肯定會遇到許多開心與難過的事情。

所以，就算難過的時間稍微久了一點，就算悲傷的事情不斷發生，也希望她不要放棄希望，對未來懷抱著夢想。

就是懷著這種想法——爸爸跟媽媽才會為我取這個名字。

「……伊津佳（註：「伊津佳」的日文發音跟「總有一天」相同）。」

我說出了那個重要的名字。

「總有一天，希望我也能被喜歡的人喜歡。」

我離開座位，走到千代田老師身旁——兩個人一起仰望窗外的天空。

初夏的午後晴朗到讓人幾乎能用肌膚感受到高氣壓。

不管是在這種日子結束一段戀情，還是在老師身旁放下這一切。

我覺得都不是件壞事。

「……啊，對了，老師。」

「什麼事？」

我突然靈光一現，老師則是疑惑地歪著頭。

然後，我懷著有些雀躍的心情，向老師如此提議。

「等一下——要不要去吃拉麵？」

尾聲
Epilogue

春嵐

Bizarre Love Triangle

三角的距離無限趨近零

——我從社辦的窗戶仰望天空。

彷彿能夠實際摸到的厚雲飄在天上，底下則是夏季到來的西荻街道。

別人所找到的自己。

須藤說過的這句話，至今依然在腦海中迴盪。

我現在還看不清楚。

不過，我有預感那句話將會改變什麼。

再來當然——就是須藤願意跟我說話的歡喜。

這樣一來，我們今後又能繼續當朋友了。

我可以過著跟以前一樣的生活。

所以，我想要實現的願望——就只剩下一個了。

那就是讓春珂剩下的日子——盡可能過得幸福。

然而——

「……很快就要放暑假了呢。」

為了商量今後的計畫，我提起這件事……

「……春珂？」

看到春珂坐在椅子上的模樣，我嚇到了。

她一臉茫然，垂眼看著地上。

當我跟須藤說話的時候，她也完全沒有開口……她到底怎麼了？

為什麼她會露出那種若有所思的表情……

然後——

「……這樣啊。」

她小聲地如此呢喃，音量有如落下的水滴。

「她說得有道理……那麼做就對了。」

她的視線看著腳底下，眼睛也睜得大大的。

可是，那表情——並不像正在煩惱，也不像受到打擊。

看起來反倒像是在微笑。

看到這樣的她——不知為何……

我有種非常不好的預感。

彷彿現在在我眼前的春珂——變成別人了。

我有種她好像正要蛻變成不同於以往的春珂的預感——

「妳……妳到底怎麼了啊……」

用嘶啞的聲音如此詢問後——春珂緩緩抬起頭。

「……矢野同學。」

說完，春珂對我微微一笑。

然後——

「不好意思！其實我剛才在想事情……對了，那個……那本日記現在在你那裡對吧？我是說，我們那本交換日記。」

「啊，嗯……」

那本筆記本確實在我手上。

那是已經用了一段時間，屬於我們三人的筆記本。

我照著她的要求打開書包，從裡面拿出了日記。

＊

——我從矢野同學手中接過日記。

在翻開最新那一頁的同時——我也無法壓抑心中的雀躍之情。

伊津佳為煩惱的我給出了答案。

「自己的心意確實很重要。」

這句話——改變了我的一切。

我們兩個說不定很像。

總是在揣測別人的想法，想要盡量滿足他們的期望。

而且我們都有些壓抑自己。

然而——就連那樣的伊津佳……

都知道要重視自己的心意——

——而我需要的就只有這個事實。

那肯定是任何人都覺得理所當然，不需要掛在嘴邊的大前提。

即使如此——就憑我自己一個人，實在是得不到這樣的結論。

所謂的想通了，就是指這麼一回事吧。

身體變得好輕盈。

這不是比喻，我是真的感到身體變得輕盈，有種想要跳舞的衝動。

如果是現在的我，就算要我衝出學校，游出東京灣，越過太平洋，橫渡沙漠，俯瞰群山，用全身感受風環繞地球一圈，最後帶著最棒的笑容回到這裡，好像也不成問題。

既然那女孩都已經這麼說了，那我的這份心意也是可以被容許的。

就算有人想要否定，我也能夠加以肯定。

既然如此……

那我就不再——壓抑自己了。

我想要把剩下的時間，用來實現自己的願望。

所以——

在筆記本的全新一頁上……

我首先寫下這句話。

——秋玻，對不起。

然後——我翻開下一頁。

那是一個字都沒寫的純白雙頁。

我在上面——大大地寫下想告訴秋玻與矢野同學的事情。

以及我想要告訴全世界的事情。

在揮筆寫字的同時，我無法壓抑臉上的笑意。

期待與不安讓心臟好像快要炸開。

我不禁想像了一下——

——要是矢野同學看到這個，會露出什麼樣的表情呢？

＊

「——矢野同學！」

不知道寫好什麼後，春珂——用有些不懷好意的燦爛笑容看向我。

然後，她像是在跳舞一樣，用輕巧的動作重新轉身面對我。

從敞開的窗戶吹進來的風，輕輕撩起了頭髮。

裙子輕飄飄地敞開，露出底下的雪白大腿。

彷彿「春天」本身出現在眼前——渾身散發出這種氣息的春珂笑了出來。

而且——手上還拿著攤開的筆記本。

「——你看！」

春珂像個孩子一樣天真無邪地這麼說。

我看向她手中的筆記本。

敞開的筆記本上是這麼寫的。

——心臟猛然一跳。

滿是汗水的身體迅速冷了下來。

看到這句話，我完全愣住了。

「——矢野同學，我喜歡你！」

然後春珂從筆記本後面探出頭來，對著這樣的我微微一笑。

「我從以前就一直喜歡你了！雖然沒有說出來，但我最喜歡你了！」

*

「——我喜歡你！超級喜歡！」

身體逐漸變得輕盈，輕盈到足以讓我說出這句話。

已經沒有什麼好害怕的了。

我說出了自己的心意。

向喜歡的人告白了。

這種尋常的快感——讓我的身體逐漸發燙。

然後我向他……

向自己喜歡得不得了的矢野同學提出要求。

「矢野同學……」

「——請你跟我交往！」

我很清楚這句話的意義。

矢野同學是秋玻的男朋友。

說這種話或許等於是背叛秋玻。

可是——我已經決定不再壓抑自己了！

因為……

秋玻應該——也早就注意到我的心意了吧？

沒錯——我的願望，就是讓他回頭看我。

我總有一天會消失，在那之前——我想讓他醉心於我。

——也許有人會笑我，說這是場沒有勝算的戰爭。

我自己也不認為這個願望能夠輕易實現。

不過——

「……」

——聽到我的這些話，矢野同學驚訝地睜大雙眼。

我看到了他心中的動搖。

游移不定的眼神，以及微微張開的嘴巴。

我——從中找到了確切的勝算。

三角的距離無限趨近零2 後記

老實說，在出版以前，我完全想像不到這部作品會得到什麼樣的評價。

在追求「我自己喜歡的故事」的同時，我期待或許會有跟我一樣的讀者喜歡這部作品，但我也覺得可能會反過來有許多讀者說「這種東西是不行的」。

就結果來說……

在五月上市的《三角的距離無限趨近零》第一集，被遠比我想的還要多的讀者喜歡。我還得到了熱烈的聲援。

我每天都為降臨在自己身上的幸福感到驚訝。真的非常感謝各位的支持。

然後，關於這次的第二集，我覺得自己應該可以做出更多挑戰了。

這不是個純潔無瑕的純愛故事。不過，卻是個無比誠實的愛情故事。

以此為目標的結果，就是這本書了。

書中的某些橋段或許會讓某些人大吃一驚。更進一步來說，我甚至覺得今後可以更加深入地描寫那些地方。

只不過，對於矢野、秋玻與春珂來說，那便是現實中的戀愛。

我覺得要是無視於此，可能不太符合這部作品的風格。

對於今後也將繼續下去的這部作品，我們已經做好萬全的準備了。

責編對這部作品有著很深的理解（這部作品的書名就是他想的），Hiten老師的插畫也完美到令人畏懼的地步（我甚至還配合插畫修改內文）。

所以，我衷心希望大家直到最後都能繼續關注他們的戀情。

岬鷺宮

國家圖書館出版品預行編目資料

三角的距離無限趨近零 / 岬鷺宮作 ; 廖文斌譯. --
初版. -- 臺北市 : 臺灣角川, 2020.04-
冊 ; 公分. -- (Kadokawa fantastic novels)

譯自 : 三角の距離は限りないゼロ
ISBN 978-957-743-697-9(第2冊 : 平裝)

861.57 109001892

Kadokawa Fantastic Novels

三角的距離無限趨近零 2

（原著名：三角の距離は限りないゼロ 2）

2020年4月8日 初版第1刷發行
2023年5月10日 初版第4刷發行

作　　者：岬鷺宮
插　　畫：Hiten
日版設計：鈴木亨
譯　　者：廖文斌

發 行 人：岩崎剛人
總 編 輯：蔡佩芬
編　　輯：孫千棻
美術設計：吳佳昫
印　　務：李明修（主任）、張加恩（主任）、張凱棋

發 行 所：台灣角川股份有限公司
地　　址：104台北市中山區松江路223號3樓
電　　話：（02）2515-3000
傳　　真：（02）2515-0033
網　　址：www.kadokawa.com.tw
劃撥帳戶：台灣角川股份有限公司
劃撥帳號：19487412
法律顧問：有澤法律事務所
製　　版：尚騰印刷事業有限公司
ＩＳＢＮ：978-957-743-697-9

SANKAKU NO KYORI WA KAGIRINAI ZERO Vol.2

Edited by 電撃文庫
First published in Japan in 2018 by KADOKAWA CORPORATION, Tokyo.
Complex Chinese translation rights arranged with KADOKAWA CORPORATION, Tokyo.